Leaves
Publishing

根　以讀者為其根本

莖　用生活來做支撐

葉　引發思考或功用

果　獲取效益或趣味

慾望、瘋城

岳清清｜著

紫薇 CRAPE MYRTLE

慾望‧瘋城

作　　者：岳清清
出　版　者：葉子出版股份有限公司
發　行　人：宋宏智
總　編　輯：賴筱彌
編輯部經理：劉筱燕
企劃編輯：王佩君
封面設計：太陽臉
地　　址：台北市新生南路三段88號7樓之3
電　　話：(02)23635748　　傳　真：(02)23660310
E-m a i l：leaves@ycrc.com.tw
網　　址：http://www.ycrc.com.tw
郵撥帳號：19735365　　　戶　名：葉忠賢
印　　刷：鼎易印刷事業股份有限公司
法律顧問：北辰著作權事務所
初版一刷：2003年11月　　定　價：新台幣200元
I S B N：986-7609-05-0

總　經　銷：揚智文化事業股份有限公司
地　　址：台北市新生南路三段88號5樓之6
電　　話：(02)23660309
傳　　真：(02)23660310

慾望‧瘋城／岳清清著. --臺北市　：　葉子，
　　2003〔民92〕
　　面：　公分

　　ISBN 986-7609-05-0（平裝）

　　857.63　　　　　　　　　　92012477

【代序】

在 慾望 ‧瘋城 中眞正最深最底的秘密祇有……知道

岳清清

我稱「慾望」是生命的靈，是身體運轉的驅動程式，瘋狂傲笑在地球的城市裡，貼切描述在「慾望‧瘋城」的故事中，任君玩味。這不是一本高道德的文學藏書，那樣假猩猩的文字寫作不是我的創作風格，更會貶低了我的作品價值，這就是我的個性。從事電視編劇工作多年，編織多少好與不好的戲劇故事，都在收視率的框架裡遊走著，在那樣賺錢的規格下並不能找到眞正的創作空間，更不能找出生命中最美好的詞彙，這就是本人既有興趣卻又無奈的編劇生活。

慾望

瘋城

看過此書的人莫不以懷疑的眼質問著我：「說！這是不是妳的故事？」我卻笑笑

的答非所問，唯有好友們才知道真正的秘密，是或不是，看過書的人自會去尋找答

案。

書中描繪的男女們總是在放逐之後找到自我，回時一望卻已傷痕累累；城市中的

霓虹邀約，讓人們尋得逃避的藉口，仔細一觀卻是極致墮落。我不否認自己是一個多

愁善感的女人，寫Sora這樣的角色的確有著自己的心情移轉，唯有愛過、痛過才知道

「理性」往往會被「感性」給侵蝕殆盡！

我只能說「葉子」的美並不在於它那一身青綠的顏彩，而是美在它擁有掉落勇氣

的瞬間！謝謝出版社這群文化勇士們對我的厚愛，讓我「瘋狂的文字」終於有跳脫的

一天，或者說是你們喚醒了我心靈沉睡的文字──謝謝筱彌、珮君、新倫，真的很愛

Desire

慾望

瘋城

你們。

爲已死的遺憾之愛留下最後的註解，

用假想的蘊育生命彌補未盡的情愫，

以此獻給在天國的他⋯⋯

Desire

慾望

瘋城

【目錄】

Desire

【目錄】

慾望

瘋城

【目錄】

Desire

欲望

瘋城

【目錄】

Desire

慾望
瘋城

在羅浮宮一尊「垂死的奴隸」雕像前，表現出米開朗基羅宿命論的生命凋萎的作品中，看到的是一個身材健美的年輕男子，擺出挑動的姿態，露出陰莖和均勻的睪丸，挑起你內心克制不住的慾望……

克制不住的慾望……

尋找憤怒的聲音—— 發狂的十二月天

她使勁了力量敲著我的門，急急的電鈴聲催促我加快腳步去開門，到底是怎麼回事？凌晨兩點多的時間會有人來找我？我掀開了床單，套上一件外套走去門口，聽見她哭泣的喊著我的名字……我知道，事情終於發生了。我開了門，看到了她那哭腫的眼睛和發抖的身體，「我要跟他離婚……」丁眞露出堅定的眼神望著我，她還是這麼決定了。在這樣的十二月天裡，陽明山的天氣還是濕冷的，于眞穿得很單薄，也許在她和丈夫的爭吵時間裡，憤怒佔滿了她的思緒，已經讓她忘了多帶一件衣服直開著車從天母往山上而走吧！一杯熱咖啡也許讓她有些冷靜，她告訴我再也不想見到那個人

左側縱書標題：

慾望瘋城

【卷一】

Desire

1

慾望

瘋城

了，是什麼原因讓于眞這麼的憤怒？頓時間讓她愛情的甜蜜一掃而空，所有與她丈夫在一起的點滴過往就這樣流逝了，我眞擔心于眞接下來的生活該怎麼辦？她熬得過去嗎？「我已經決定了不會再走回頭路！」于眞的確是一個說到做到的人，我相信她熬得過去的。

顏國立，一個再也平凡不過的名字，他是于眞的丈夫，也是我的大學同學，他和于眞交往是在一場學生派對裡認識的，當時我也在場。兩人交往不到幾個月，在大四畢業那年就步入了禮堂，如今有此下場，眞是充滿了戲劇性，諷刺的是顏國立還是戲劇系畢業的。他們兩人做事都講效率，辦離婚也在十二月份完成了。離了婚的顏國立，在第二天打了電話給我，我們約在天母的一家法式餐廳見面，那是同學們常聚會

2

的老地點。看見國立還是一副老樣子，一樣的帥氣，一樣的不知道自己是一個犯了錯

的人，笑容是那樣自在、快樂的。

「怎麼樣？編劇的工作還順利吧？」他摘下了Armani的墨鏡說著。「製作人還算

賞飯吃，不會刻意刁難我的本子，還算順利！」我邊拉椅子邊對國立說。才坐下沒多

久，一杯藍山咖啡隨著長相清秀的工讀生飄香而來，國立總記得在這家餐廳裡我只會

點藍山咖啡，他太細膩了，清楚我喜歡的事物、了解我最愛的食物，所以我們才會成

為無話不說的好朋友，甚至在他結婚的前一晚還跑來找我，問我願不願意讓他娶于

真，他真是一個現代瘋子。

他抽著「MILD SEVEN」的香煙，在 Lights 的字眼中，清楚的了解到焦油8毫

克，尼古丁0.7毫克的比例分配是讓人有著心靈上的撫慰作用，因為它永遠代表比沒有

3

Lights的煙盒字樣來得不那麼劇烈，至少有行政院衛生署警告：「吸煙有害健康」的標誌提醒著買煙者，這是一項很奇怪的舉動，我想我永遠也不會懂得政府的美意。

「我單身了！」國立無所謂的說著。他說他知道那天于真上陽明山去找我，因為在他的朋友當中，于真跟我最熟，也只有我才知道他們夫妻之間的問題。「都是我下半身不聽使喚惹得禍……」「你還好意思說！」我的語氣似乎有些不客氣。「沒辦法……我只要有美女出現我就會招架不住，我是天生的性愛主義者！」國立說著他對自己性愛好的理由。「你為什麼要讓自己這麼的放縱呢？于真這麼愛你，你們結婚還不到兩年就離婚了……」「比我預期的時間還長呢！」我話還沒說完國立就回了我一句。「男人跟女人之間不應該只有性這種東西存在，應該還有『愛』維繫著存在的關係。」我對國立說著。國立認為我太高道德標準了，他有些取笑我的口氣看著我說：

Desire

「當我碰到了女人的身體時，下體自然就會有反應了，你要我這個真正的男人怎麼做呢？」真是豬頭的一個男人！我懷疑我怎麼會跟這種人成為好朋友？

「哈囉！國立、Sora！」輕快充滿活力的聲音從我後腦杓傳來，Amy，一個擁有魔鬼身材、天使臉蛋的女人，身高一百六十五公分，加上那雙不能再高的高跟鞋，已破了一百七十公分的界線，白皙的臉蛋讓那對鳳眼顯得更加迷人，今天她穿著火紅色的羊毛衣和黑色短裙亮相，她和穿上Boss黑色襯衫的國立站在一起，簡直就像布萊德比特和烏瑪紓曼在拍平面廣告那樣的吸引人的目光，我不曉得國立也有約她出來，雖然也是大學的同班同學，不過她不是那種我平常想打電話約出來聊天的人，所以在我的手機裡並沒有儲存她的電話號碼。「Amy，不曉得你要喝什麼？自己點吧！」國立拿著Menu遞給Amy，聽見國立這麼說，自己有些欣慰，起碼他會為我點上一杯咖

啡。

三個人耗了一個下午在談論一些不著邊際的事情，不知道是不是因為Amy在的關係，我和國立並沒有把言論放在情感、私人的問題上，只和我們的Amy小姐說著流行的趨勢，從百貨公司一樓的化妝品專櫃談到五樓的男士用品區，Amy都能掌握每一個角落的物質精華，我漸漸地有點佩服這個女人，她說每次在她的SKII專櫃看人們總是一種樂趣，因為她可以識破來百貨公司各階層的人物，從衣著、口紅到香水味，她能分辨誰是真正的物質享樂者，而誰又是虛有其表的精神參與者，穿著較高級的衣服逛街，大多時間都只在「欣賞」的階段而不掏腰包的人們總是佔了多數，而這些人並不是沒有錢，他們已經習慣讓自己沉浸於心理滿足的層次裡，我相信在Amy的身上一定有許多故事，而她並沒有浪費父母所給的學費，在戲劇系所修的心理學課程上，她勢

6

必是一個學以致用的人，從她自信的笑容裡，我開始對她有了友善的感覺。

下午五點多的時間，Amy的男朋友打了電話給她，告訴她車子已經開在離餐廳最

近的一個巷子口了，於是Amy補了口紅穿上大衣和我們道別了。我和國立待到差不多

六點多的時間，兩人也離開了那家餐廳。他開車載我回山上，但他卻選擇往中山北路

行去，他好像不太喜歡走後山，從學生時代到現在依舊如此，寧可選擇繞一圈到士林

的中正路口轉到陽明山的方向，朝著仰德大道的路面開去。

「夜晚的燈光總是閃爍個不停……」國立有些感嘆的口吻說著。「所以呢？」我

問他。國立回答我：「那很容易讓人迷失方向……」他輕笑了一聲又繼續說著。「我

是一個很容易受到影響的人，在這個慾望城市裡，放縱的思維一直拉扯著我的身體，

就像莎士比亞筆下的馬克白一樣，如果不是慾望的驅使，他怎麼會讓他的妻子和森林

的女巫所擺佈呢？」雖然他比喻得很好，但我還是覺得那是他的藉口，他告訴我，當

他侵占了女人的私處時，是他慾望解放的開始，透過濕潤的陰道，陰莖縱情的節奏擺

動，讓那等待時機的精液隨著心臟跳動的加速感，直向子宮的窗口奔馳而去，在那短

暫的幾秒潰堤裡，被他心理克制不住的慾望成功的駕馭。他那淋漓盡致的描寫，騷動

著我的整個思緒，這何嘗不是一種誘惑？一個才從昨天躍回單身俱樂部的美男子，深

遂的眼神和迷死人的笑容，壞男人的潛在基因腐蝕在他的完美軀殼裡，任何女人都容

易克制不住對他的情感交流，就算他擁有一個再也平凡不過的名字。

在法國路易十六時期，女性裸體像大增，在烏東（Jean-Antoine Houdon）作品雕像「黛安娜」柔滑裸體的自然表現裡，手持弓箭眼神巡視著遠方，有著尋找一種獵物的飢渴，好似竄行於黑夜的吸血鬼魅……

吸取男人的金錢……

詭異的聖誕夜——竄行黑夜的吸血鬼魅

LANCOME的睫毛刷在我長而翹的睫毛上有了附著的理由，很少化濃妝的我今天要在耶穌降生伯立恆的重大日子裡表現出一種慶祝的誠意。再過十分鐘國立就會來到我的公寓樓下按喇叭，準時是他唯一的優點。我想Joe Peige的黑色馬靴再適合不過我這身高不可攀的黑色套裝吧！鏡子裡的貴婦模樣永遠有著一雙猜忌別人的大眼睛，濕潤淡粉的唇色應該可以在今晚留住許多男人看我的眼光。牆上可疑的七點整，沒有國立存在於公寓樓下的跡象，我遲疑的看了手機裡的時間，看看是否對準了「生活工場」裡所買的掛鐘？一秒不差。我開始有著一般編劇家的想像空間，編織著國立現在有可

9

能發生了什麼事情？難道在不安寧的仰德大道上又添上了一椿事故的歷史？或是他深

愛的白色BMW染上了其他的顏彩，此刻的他正努力的和保養廠的師傅們談論著他的

寶貝所受到的傷害……刺耳的電鈴聲瞬間傳入我的腦子裡，打斷了我的編劇思路；開

門一看，一個長不大的孩子戴著歌劇魅影的面具出現在我的眼前，牆上的時間掛著七

點零五分，是啊，他停好了車子、坐上電梯、走十六步到達我的門口所需的時間剛好

五分鐘，沒錯，面具底下的臉孔應該是顏國立。

　　摘下了面具，他帶有邪氣的微笑看這我，「妳今天很漂亮！」，我忍不住的笑了

出來「謝謝……」，國立懷疑著我的笑聲是否暗藏著什麼？天啊，誰能想像他穿著黑

色西裝戴上面具在保養廠和師傅做口水搏鬥的樣子呢？一切純屬想像。

　　「為什麼今天會上來接我？」我對國立今天的行為有點不解，所以在車上問了

10

他。「因為今天是你第一次答應來我家作客，所以我當然要表現出誠意啊！」一副不正經的回答，我接受。車子經過大葉高島屋面前時我要國立停了下來，那是一棟金錢與物質頻繁交易的百貨大樓，日本人已經戰勝了台北的重要商圈，哪裡都有他們賺取利益的影子。我要國立在車上等一下，我下了車朝正門右邊的第二個櫥窗走去，櫥窗裡是佈滿了綠葉的伊甸園，亞當在夏娃的旁邊撫摸著她的髮絲，沒有任何產品在展示，只是一個意念的表現，在飄著絲雨的聖誕夜，襯著孩童們所唱的平安夜曲聲中，我感到了孤寂……不知道這個櫥窗的設計者在想什麼？自從我在上個月看到他專心工作的樣子後，他的形象一直存在我的腦海裡，也許今天只是想碰碰運氣，看看這個櫥窗的設計者是否還在忙碌？

停留了兩分鐘，回頭走向國立，卻看到一個像大二學生那樣年紀的女孩靠在駕駛

11

座的窗口邊和國立談笑著，女孩微笑朝我看了一眼後離去，我也禮貌的點了頭。「你是不是該有一點良心啊！那個女孩成年了沒啊？」我關上了車門對國立說著。「吃醋啦？」他邊開著車邊笑著說。「我對你這個情聖沒興趣又怎麼會吃醋啊？」我拿了他後座的面具戴上。「他是我咖啡廳打工的小女生，別想太多好不好！對了，妳站在櫥窗面前做什麼？」沒想到國立對我的舉止也會有好奇的時候，我告訴他我在找創作的靈感，他是個腦筋不會轉彎的人，說了他也就信了。

車子在開了十多分鐘後，到了國立的單身別墅，在天母這樣高地價的區域裡，擁有一塊不大的前院也該花下國立父母不少的鈔票，這棟兩百多坪的建築裡，米色的素靜牆岩完全看不到有錢人的那股庸俗氣息，沒有過多修飾的天花板及大理石雕花，更沒有會與主人發生關係的女傭以及無聊透頂的管家，二十一世紀的前衛美學設計不留

痕跡的點綴在國立家中不起眼的角落裡，有一點藝術修養的人都會發現這樣的美感。

國立牽著我的手沿著長梯走向二樓，在接近二樓階梯間，我隱約聽見了音樂聲和男男女女的歡笑聲，我不解的看著國立，國立還是用那一貫帶有邪氣的笑容看著我，在二樓的大廳裡，週邊總共有四道門，這屋子估計絕對不只有兩百坪的，在那第二道門的後面，我感覺到有一場性愛派對正要上演，我必須要制止我此刻的想法，國立在我的頭上為我套上奇怪的兔耳朵，我沒有注意他什麼時候拿在手上的，也許我纖細的右手在他溫熱的左手裡，攫走我所有理性的意識，才讓我漠視了那雙耳朵，而他自己則戴上那神秘感的黑暗面具，使我更覺得自己很像仲夏夜之夢的那頭驢子，真是又蠢又笨，一點都配不上身邊的這位男主角。

第二道門一打開，一場化妝派對正慶祝著平安夜裡的不寧靜，福華飯店裡的各道

13

小茱與雞尾酒淹沒著我原有的食慾；眾人的歡笑聲、對著國立的呼喊聲以及音響裡的管絃樂讓我開始有點迷亂。「Sora！」那是Amy的聲音，看到了唯一的熟人給了我一點還算不壞的安全感。Amy穿著吸血鬼的裝扮，像血一樣火紅的嘴唇好像她已經飽餐一頓了，今天她的身邊多了一位不起眼的老頭子穿著神父裝正和她一起向我走來，此時的國立已經不知在什麼時間裡從我身邊離開，到對岸與幾個女人吃著小餅乾、喝著雞尾酒⋯「Sora，這是我的男朋友江董。」Amy的介紹讓我有些吃驚，「親愛的，這是我大學的同學Sora，是第一名的資優生喔！」Amy向他的老男友介紹著我。「你們班的女生都長的這麼漂亮嗎？」神父發出那噁心

14

低沉的聲音對Amy說著，Amy撒嬌的支開神父，帶著我走向陽台。

「我不知道妳也會來這種場合？」Amy抽起YSL的薄荷香煙問著我，「國立沒有

跟我說今天在他家有派對……」我帶些無奈的口氣回答了Amy的疑問。未等我開口，

Amy告訴我他和江董的關係，江董是台北一家證券公司的負責人，在外面養了五個情

婦，是個有錢又有心機的生意人，在那臃腫六十多歲的老邁身體下，他如何可以滿足

五個不同的情婦所需？我真的不敢相信江董的床上功力，並且懷疑著現在市面上壯陽

藥物的產品所帶來的危機，有可能會讓許多老人透支虛脫死在床上，這樣的老人人權

有可能增添不同的爭議性話題。

凌晨四點多的時間，人潮散去，我坐在沙發上試著沉澱我的心靈。第一道門裡的

淫蕩聲已經穿出厚實的牆，神父正讓吸血鬼魅奪取他蒼老的靈魂，那身皺皮在白皙的

15

慾望
瘋城

皮膚上肆無忌憚的蹂躪著，我的耳朵有了痛苦的感覺，我無力的走向音響，轉動著莫

札特的音樂，越來越大聲……我大聲的讓費加洛婚禮的第一幕劇情席捲我的全身，蘇

珊娜要手持著尺，四處丈量的費加洛停下工作讚美她，那是一個女人對男人的極小要

求，最後費加洛屈服了……國立算對時間將有所醉意差點跌倒的我扶靠在他的胸口，

他鼻裡所吐出的氣息是那樣的好聞，胸口是那樣的溫暖。

一覺醒來我已躺在國立的床上了，頭有點痛，右手被身體壓得有點麻，現在的我

絕對清醒，身上的衣服除了有些皺痕外，沒有任何國立和我做愛的破綻，我確定昨天

果真是個平安夜，百分之百跟睡在地板上像個小天使的國立還是沒有跨越愛情界線的

好朋友。Amy開了門微笑的看著我，跟我展示昨天的勝利品，一顆閃亮的一克拉鑽戒

在她的中指間擺飾著。

勝利女神可以高喊勝利，她的溫柔在繫著鞋帶的體態中露現而出，輕薄的外紗引人遐想的空間，有如剛受過一場歇斯底里的性愛洗禮，靜靠在雅典的神殿裡掩飾著初嚐的滋味……

慾望
瘋城

【卷三】

享受淫蕩的交錯體液……
瘋城的交叉路口——歇斯底里的Coffee Shop

十二月二十八號，無雨的狂風在台灣北部盡情的吹驟，電視台的天氣預報永遠只能做「參考」，我相信自然界的力量勝過人類自以為精密的科學儀器，它是無形、無性的生命主宰者，捉弄著愚昧的我們。

在中山北路頂端的交叉路口，看著滿天飛起的紙屑塵砂在東西向的天母路段傲笑著，於陰暗的天色裡捕捉到一種紊亂的協調感，而我的裙擺在此時呈現出興高采烈的模樣，讓我的手指無法掌控它的興奮，只能讓它跟著傲笑者隨意發洩，真是低能的紡織布料，令人又氣又厭煩！眼見街道上的人們有如波斯灣戰爭的情勢反應，目前唯一

17

的任務就是避免這場災難，趕緊躲進防空洞裡，等待緊張的氛圍消去。我頂著乞丐的

髮型，好不容易沿著那貴死人的「美國學校」走到「肯德基少校」面前，在這樣的天

氣裡，根本不想理會少校的微笑，急著躲進不健康的速食店內。我真的想不透為何店

內的客人還可以輕鬆悠哉的啃著雞腿？不屑玻璃窗外路人的猙獰面目。

就在我喘息不到兩分鐘的時間裡，我透過玻璃窗看著一個熟悉的人影，從對面的

人行道上追逐著一個手拿皮包的青少年，我毫不猶豫地衝出了速食店，不管交通號誌

的穿過紅綠燈口的斑馬線，用「大躍進」的思想理念催促著我細長的雙腿行動著，就

算今天的風阻有一百級，我也要讓正義出現在黑暗的城市裡！此刻的青少年轉至天母

西路奔跑著，剛好跟我同時到達交叉路口，我一手用力拉住那青少年的外套，一邊聽

著腿軟的于真繼續大喊著「我的皮包……」，但我這個女俠的姿態完全控制不了這位

Desire

小偷的「執著」，三個人的馬拉松競逐賽展開，原本對人性無情失望的兩個女人，就在一個老外的碩大體型中得到了彌補，那十六歲不到的小男生被逮個正著！小男生不用哀哭求饒，反倒用銳利的眼神看著于眞「還妳！」一點都不好玩！」于眞氣到忍住怒火對小男生說著：「快走，你這個小鬼！」老外看得出來我們並不想報警，他放開小男生的衣袖，小男生飛快似的跑掉。我們謝過四十多歲留有落腮鬍、藍眼睛的美國學校老師，雖然我對美國學校的座立抱持著懷疑的態度，但看在這個老外的見義舉止上，我開始想著那些只顧著躲避狂風台北人的漠視冷淡。

「妳今天帶了多少錢出門啊？看妳跑的那麼拼命……」我用頹廢的口吻問著于眞。「四百塊……」于眞的回答打擊了我，就像這持續的強風吹看我裙內黛安芬的顏色般無奈。她認眞的繼續說著：「你知道嗎？重點在於這個LV的包包！」原來這一切

慾望瘋城

都是爲了「LV」這兩個英文字母。事發現場爲下午三點零五分，就在我拉扯小男孩衣袖時，留在地表上的手錶告訴我的時間，當我撿起手錶的同時，我看到我的櫥窗男人從「百視達」影帶出租店裡走了出來，他上了銀色的RV車子……「我們去喝杯咖啡吧！」于眞的話我是聽進去了，但我心理的想法是，如果這個男人再離開我的視線，我是不是就注定跟他無緣無份了……「不行！」我脫口而出的一句話嚇到了于眞。她一定認爲我不想跟她喝咖啡，但眼看著車子就要開走了，我竟在那裡發呆，於是我告訴于眞待會兒再打電話給她，隨著便攔了計程車坐上，「跟著那部車子！」我指著櫥窗男人所開的RV，我堅定的眼神好像我在跟蹤自己丈夫那樣的急迫緊張，像是要抓住他的把柄來提高贍養費一樣，像是要讓他的出軌付出應有代價；還要準備跟他外遇的女人一較高下……司機已經察覺到了我的情緒，他從前方鏡子裡偷看著我，這時我才

20

Desire

想起剛剛在計程車面前那股調皮的怪風提前給了司機小費，讓他知道藍色黛安芬的情

愫魅力。在許多社會新聞的報導下，計程車司機是女性搭乘車子時所該注意的叢林獵

人，我開始提高警覺，反應到我必須準備皮包裡的噴霧劑，那可以讓我有時間尖叫求

救⋯⋯「小姐，那個車子進到停車場去了⋯⋯」我回過神的同時，看見櫥窗男人已經

把車開進誠品大樓旁的車庫裡了，他就住在忠誠路上。我付了車錢下了車，忘了猜測

計程車司機的行動。我抬頭望著這棟大樓，想著他到底住在幾樓？我對我現在的行為

有些危機意識，我必須離開這裡，離開這個碰不到、摸不著的男人，我打了電話給于

眞，現在的我眞的很想跟她喝杯咖啡⋯⋯

有如梅花般不屈精神的于眞跟我約在國立的咖啡館見面，我佩服她的勇氣。回到

了天母西路上，國立「風華咖啡館」的落腳處，一進門就是那次與國立在大葉高島屋

21

前說話的那位女工讀生迎接我，她的衣服掛牌上面寫著小莉，我想那是她在這裡打工給客人對她的稱呼。咖啡館內充滿著上海的色彩，外攤的攝影相片掉掛在四周，「和平飯店」的高雅氣質在于眞的身後顯得更加的迷人，她坐在落地窗旁的位置上，那是她習慣和曾經擁有特權的位置。「我今天是爲了帶我的寶貝回去才來這裡的……」于眞摸著她的水晶玻璃，我記得這個作品就放在這個位置最左邊的專用玻璃櫃裡，現在那玻璃櫃的靈魂已被于眞取走了。她喜歡洪文瑞這位金屬設計師的作品，他打造著金屬與水晶玻璃的生命奇蹟，在出色的器皿意象裡，有著于眞摸不透的假象。

看著于眞失落的眼神，我離開位置到洗手間去整理一番，我從皮包拿出梳子試著

22

撫平我頭上的煩惱，卻無意間在鏡子中看見廁門裡的兩雙腳，那種姿勢連白痴都知道他們在性交。我停止了梳頭髮的動作，專注的在澄黃的燈光下看戲，踩著高跟鞋的美腿只剩一隻在無力的支撐著，可見另一隻已經被那男人的左手強壓在牆，完全讓那男人的子彈在女人的隧道中穿越出入，透濕的體液歇斯底里般的被製造著，墮落、解放、宣洩的名詞不斷在性器官交錯的聲音裡浮出我的腦海，女人按耐不住的狂慾淫聲被男人的口給吸吮住，口水濕答答的淹沒著男女的性愛運動，平衡著他們的性分泌物。放蕩聲音趨向最高點的同時，我將水龍頭的水轉至最大，冰冷的水壓制了我的難受感，誰不渴望在幽閉的空間裡來一段激情的衝動？這對男女已經澆濕我藍色黛安芬的情愫。

回到位置上，兩杯熱拿鐵已經上桌，廁所裡的男女也陸續而出，于真就是為了那

個女人才跟國立離婚的，那女人若無其事的不看我們，她的身心靈已經達到滿足感又怎會在乎廁所裡那位男人的前妻呢？女人狂妄自大的混血面孔裡，我們這些中國女性看起來就像被束之高閣的舊古籍，沾上了灰塵後，就很可能被忽略了。國立走進吧台，為那女人煮了一杯義大利濃縮咖啡，此刻我看到了于真壓抑的微笑，而我也忘了今天到天母交叉路口的目的……

愛德姆‧布沙東（Edme Bouchardon）的一個雕像作品裡，丘比特製作一把弓，正準備用他的理性試探著感性的愛情神箭，射向許多渴望被愛的男女身上……

36E的情史……

擁抱大提琴——第一樂章的沉醉

「妳信不信一個男人在二十多歲的年齡裡是一個相當感性的動物啊？」我製作人Andy這樣問我。「為什麼？」我問得很不屑，因為我不太明瞭我們現在談論的這齣戲跟他的感性有何交集？他把煙熄了，喝了一口茶回答了我這個問題，「不要懷疑！雖然我們寫的是古裝戲，但總離不開『人性情愛』這種東西！」有意思，我還以為他只是一個只顧收視率的膚淺製作人，他說著在他二十六歲時所發生的情史，有一次他參加了朋友邀請的音樂會，坐在貴賓席的位置上享受著音符排列組合的旋律，他雖然不懂音樂，也從未受過音樂的薰陶，但他總懂得欣賞台上演奏者的表情，一個拉奏大提

琴的女孩深深的吸引著他，那女孩陶醉在自己的舞台上，沒有過多的脂粉抹在她的臉

上，一張清秀的臉蛋露出淺淺的微笑，也就是那個微笑勾住了我製作人的魂。

Andy透過朋友的介紹和女孩相識，女孩羞澀的樣子更讓製作人很想把她當晚餐來

食用，經過Andy的苦苦追求，女孩終於和他交往，當然，從牽手、親吻到撫摸對我製

作人而言，那只是在搔癢罷了，重點還是得擺在「做愛」這個準則上。「你知道我用

了多少方法想讓她屈服嗎？」Andy認真的問著我，我聳聳肩表示我不知道或不想猜

測，因為他現在的表情好好笑，就好像「豆豆先生」將嘴唇翹高硬要吸引隔壁女生注

意一樣的蠢，「我花了大把的鈔票用在買花、買鑽戒、買衣服和帶她去旅遊上面……」

「花了你那麼多錢也看出你的誠意了，成功了嗎？」我故意用這句話來掩飾對他呼之

欲出的取笑，「沒用！」簡單有力的無奈詞。「哈哈哈……」我實在忍不住的笑了出

26

Desire

來，我製作人說我沒良心，他在跟我吐露當年的心事我還能這樣對這件事報以大笑來

看待，「Sorry……請繼續……」我低下頭盡量的不看他的表情，縱使他今天穿著一件

他太太為他準備的綠色長頸鹿毛衣背心，我也絕對不能再這樣失禮了。「我只說了一

句我愛她……她就脫了……」我嘴裡的咖啡差點沒噴出來，在此人大費周章的過程裡

卻比不上一句話，雖然我又想笑又想說他笨，但在他輕嘆了一口氣之後我取消了這個

念頭，「真想她……」我有點受感動了，一個女人就是為了要聽這句話啊，Andy，我

真的看錯你了嗎？「我真想她那36E的乳房！」真是去他的！他還是如假包換的那個

Andy，結果還不是因為那女孩的身材才讓他念念不忘。

「這就是你在二十六歲裡的感性故事嗎？」我瞪著他問著。「不是，雖然她的身

材讓我很難忘，但讓我更難忘的是和她做愛的過程。」Andy回答我，「這我倒想聽

聽。」我再給這個男人一次機會，而這個男人將他做愛的過程像做筆

錄一樣陳述給我聽，於是我開始扮演著FBI幹員的角色，要他完完整

整的誠實回答我的每個問題，我並要在他的言詞裡找到一點蛛絲

馬跡的破綻，好知道誰是這事件裡的關鍵性人物。製作人告訴

我，剛開始時那女孩壓在他的下面有著半抗拒的動作，女孩用手輕擋著Andy的胸口，

臉上露出「不要」的感覺，雙腳還緊縮在一起，當然這種激情感促使著Andy不顧一切

的用他的腳將女孩的雙腿撥開，接著Andy從女孩的嘴開始溫柔的親吻著她，脖子和耳

下方則是那女孩的敏感帶，女孩輕輕壓抑的吟聲讓Andy的下體更加激動，好想趕快越

過愛撫的程序直接鑽進女孩的下體，但Andy怕嚇到了她，還是依著一定的步驟，最後

才讓那面紅耳赤的小弟弟找到了自己的玩伴。而在Andy的心裡，一直讚嘆著女孩36

E

的偉大胸部，一種掌握不住的柔軟。

這樣的性愛是女孩的初嚐，女孩夾帶著少女般的夢想只把自己獻給愛她的人，她裸體睡躺在Andy的懷抱裡，有如新婚夫妻的新婚洞房，對女孩而言那是一種極大的挑戰，就好像她第一次登台演出那樣的緊張。Andy說有了第一次的經驗後，女孩慢慢的知道性帶給她的幸福感，對音樂的創作更是有很大的幫助。過沒幾次的經驗，女孩的性需求量大增，幾乎天天都要，而且到達一種瘋狂的境界，有好幾次女孩坐在一張椅子上，要Andy坐到她的大腿上做垂直動作，Andy很享受，女孩更享受，因為她把Andy當作是大提琴一樣的用手指在他的背上彈挑著，原本Andy還沒意識到，直到一次女孩哼出旋律來他才發現，自己只是女孩的創作工具。最後他厭煩了這一切，他們也就走上分手的路。

29

我不懂爲何Andy認爲這樣的過程很感性？他倆個都落淚了，他知道這是她藉由他的身體所共同創作的最後一曲……這是我製作人的感性故事，他和我討論著這部武俠劇男女主角的愛情故事，該用何種方式來呈現，才不會讓人有看不下去的的轉台動作，我可以肯定的是絕對不會是他故事的翻版呈現。因爲在這個視覺感官衝擊的媒體傳播裡，愛情的主題要和動畫做平衡處理，還得要再仔細的思考才行。

告別了製作人我搭上了捷運，避開了下班的尖峰時間，以免中了擁擠人群汗臭味的毒。我決定在忠孝復興站下了車，原本想去找我那答錄機留話超過四通的父親，還沒將悠遊卡拿出我又後悔的搭上另一班往台北車站方向的捷運，轉而搭淡水線的捷運下了士林站，從華視電視台到士林站花了我將近一個小時的時間，這一個小時裡「猶

豫」佔了大約有二十五分鐘，心理有些煩悶，我已經有半年沒見到那六十多歲的老人

家了。我不想那麼快回到陽明山上去，這樣的心情也不想找朋友聊聊，我攔了一輛計

程車自然的到「大葉高島屋」前下了車，也許在那裡有我安靜的空間。

我看著還沒改變的櫥窗伊甸園，我想著亞當為什麼能跟夏娃在一起？雖然兩人的

美好戀情在撒旦的誘惑下告吹，但起碼他們擁有彼此珍惜過的那份愛。「你已經是第

二次來這裡了⋯⋯」多好聽的聲音在我身旁傳來啊，我向右邊轉過頭去，看到了自己

追尋已久的那個男人在對我說著話，「這是第三次⋯⋯」我對他說。「是嗎？聖誕夜

那天我在櫥窗的另一邊看到妳⋯⋯」天啊，你真是捉弄人，為什麼那天我沒看見他

呢？我心理好緊張喔，怎麼辦？該跟他說什麼？我真是豬頭，想了他千百回，卻在見

了他的這一刻不知所措，又不是在拍偶像劇，緊張什麼啊我！我的心裡一直嘀咕著⋯

Desire

31

……「外面滿冷的，要不要到B1的咖啡廳去喝杯咖啡……」我愣住了，他主動的化解了我的尷尬，「我叫陳凱！」「叫我Sora！」，那天是十二月三十日，是我和他開始成為朋友的日子……

32

Desire

太陽神阿波羅像是一個完美男人的理想典型，他吸引著站立一旁的維納斯，讓米羅（Milo）多一份激情的塑造⋯⋯

天搖地動的銀色ＲＶ⋯⋯

煙火、靡爛、霧氣的性愛──柴可夫斯基的衝動

我赤裸裸的走在沙灘上，一種迷幻、不確定感暈眩了我的腦，我的腳被燒灼在失落的大漠裡，雙手任憑垂吊在架空的軀殼裡，外皮則被那狂妄的火球剝離殆盡⋯⋯我找不到綠洲的影子，更別奢望駱駝旅人的拯救，直到我成為風乾的灰燼，漂流在折曲的時空中⋯⋯多奇怪的一場沙漠夢境！我滿身是汗的離開了我的床，在早上六點多的時間裡一點都不想在溫熱的棉被裡多待上幾個小時，儘管外面的氣溫才十二度。決定開了浴缸裡的水，讓薰衣草安撫我的情緒，放鬆的享受著熱水給我的按摩，我閉上眼睛微笑的想著昨夜和他在一起喝咖啡的情景，漸漸地他的臉取代了我剛才的幻夢。

他有一雙尼可拉斯凱吉的眼睛，哀怨深邃又猜不透的眼；冷色系的染劑在他長過耳朵的髮絲裡，簡直就和他那張俊俏的臉有著完美的結合，他沒有像國立那般公子哥的尊貴氣勢，卻有著灑脫不羈的藝術家氣質。他的穿著很簡單卻又很時尚，不是那種落魄畫家的頹廢模樣，也不是皺而不整的襯衫打扮，更不是穿著橫條線起毛球質料衣服的男人，那是我最不想看到的男人衣著。米色系的高領兔毛襯衣在他的咖啡色皮夾克裡，是一種過客的色彩，表現出他的大方、自然和一種不驕傲的自信，他就是我的櫥窗男人──陳凱。

經過兩小時又二十四分的交談，我感覺到了自己不是被他的話題所吸引，而是他的全身。我們聊得很開心、很投緣，互相分享著各自的工作，他對我也有著說不上來的好感，在他看我的眼神裡表露無疑。他是一個搞藝術裝置的男人，立體藝術對他而

言就像每天要吃飯、洗澡一樣的不可或缺，他在美術館的廣場裡展現出自己理念的形

象裝置，如鐵、如鋼、如鋁、如石像的結構呈現，只要有形的物體在他的手裡都可換

變出無形的象徵意義。

一整天都在等待著晚上的到來，陳凱約了我一起跨越二○○三年的界點，因為沒

有朋友的主動邀約，自己也沒事，所以就答應了他，也或許是因為很喜歡這個人。才

下午四點多我就坐立難安的看著衣櫃，紅色也許可以告訴他我很熱情，綠色可表現出

我是一個沉穩的女人；黑色有著吊他胃口的媚惑力量，或是白色讓我看起來很淑女…

…在我沒有整理的床上看起來更加凌亂，所有可看性的衣服都拿了出來卻通通都看不

順眼，五點了我還沒化妝，最後腦筋一閃，我發現新買的 **Blue** way牛仔褲可以讓我的

翹臀牽拉住男人的手。

慾望

瘋城

手機響了，我用平靜語氣來壓制我的興奮，「再過二十分鐘我去接你！我已經買了兩張到高雄的機票！」國立孩子氣的對我說著，「什麼？高雄⋯⋯」我覺得莫名其妙，這個人常常有驚人之舉，但為何要發生在二〇〇二年的最後一天？又為何要在我跟陳凱見面的這個時機裡搞這樣的把戲？他到底是哪跟筋不對啊？「去高雄做什麼？」我直接的問了他。「我希望跟妳一起倒數！跟我最好的朋友一起跨過兩個年頭！」怎麼辦？拒絕他會不會掃了興⋯⋯答應他，那對陳凱怎麼交代⋯⋯是陳凱先約了我的，所以我該拒絕他！可是⋯⋯他是我多年的好友，陳凱我也才認識一天而已，雖然我是多麼的喜歡這個人，但⋯⋯「我約了人了⋯⋯」我說了，我拒絕了國立，在他掛上電話的那一刹那，不知道是我聽錯還是我內心覺得愧欠才有這種感覺，一種失望的口氣從他嘴裡說著「是嗎？那我也不去了⋯⋯再Call你OK？」「OK⋯⋯」不管了，這個男

36

Desire

人多的是朋友，哪缺我一個？在陳凱的車上我似乎擔心著國立。「妳有心事？」陳凱問我。「喔……沒有，是一種高興的緊張……」我對陳凱回道。「妳讓人看起來很舒服……」陳凱開始誇起我來了，一般人聽到讚美的話是不會表露出不爽聽的感覺的，於是我漸漸地把國立給放在一邊了，開心的和陳凱聊著，從他去巴黎的旅遊經驗、到尼泊爾的被搶經歷我都聽得很感興趣，我當然也毫不吝嗇地將去美國的遊學經驗說給陳凱聽，他羨慕我的寫作工作，我也欣賞他對藝術創作的執著，我們從餐廳一直聊到陽明山一處看夜景的地方。

「奇怪，陽明山住了十年了，我怎麼不知道有這樣的一個地方？」我將頭上的髮夾拿了下來對陳凱說著：「是嗎？我也是有一次上山的時候無意發現的！在這裡看夜景是自己完全擁有的獨立空間，不用跟別人敲一個位置來分享！」「空間的運用不是

你的專業嗎？」我回了他。他笑了，笑得讓我心跳加速。「煙火！」我指著山下都市

叢林的瞬間瀰漫，表演著自己對情境的入戲，可讓我有了心跳加速的理由，看著散發

四處的火光點亮了上空的暗沉，上帝嘲笑我們的苦心，花費不少金錢假造著跨越年限

的喜悅，假想著擺脫一整年的疲憊不滿，希望在最後的一個倒數裡得到一種補償與願

景，這種欺瞞自我的方式全世界文明的國家都在用。

柴可夫斯基的第一號鋼琴協奏曲環繞在車子裡，一雙溫潤的唇碰觸著我，我們親

吻著互道 Happy New year！不由自主的跟著中快板節奏撫摸著對方，我的 Blue way 起

了作用，他創作的一雙手壓柔著我的豐臀藝術，慢慢的解開了我褲子的釦子、拉下拉

鍊⋯⋯他一邊將椅背拉下，一邊注意著我的呼吸，我感覺到他在我腹部的接觸，陰莖

已勃起，動機也很明顯。

他脫了上衣和褲子，這時的我已經是一絲不掛了，濕黏黏的液體等待著他的插

入，我看見他胸口的一顆痣，像墨水無意滴染了宣紙，他的皮膚很光滑摸起來很舒

服，他本身就是一件藝術品，上帝的極佳創造，「啊……」就在我欣賞這件藝術品的

時候，他已經深入了我的體內，銀色的RV開始晃動，他那享受的樣子我看了就陶醉，

在我今天精心準備的丁字褲裡他並沒有忽視，我不曉得我們才認識一天，進展就可以

到達這種尺度，以上班族的工作態度，我們絕對是老闆最喜愛的員工，我不想管……

真的不想管……他的陰莖是如此的粗大，在陰道的最底層證明了這樣粗大陰莖的實

力，他在我耳邊輕聲細語，他說我美、眼睛動人、身材誘人……他把一切天底下最好

的形容詞都用在二〇〇三年的第一個小時裡，我沉浸在糜爛裡，我好像沉在深海被人

遺忘已久的寶貝，在人們發現它的價值之後，開始準備佔有它，我喜歡這樣被佔有的

39

感覺，如海若因、如安非他命般致命的毒藥。Allegro con fuoco的

熱情快板讓我高潮，也讓那白色的蛋白質澆灑在我的肚子上，外

面的煙火依舊熱情的爆發！

算得精準的電話讓我不好意思的接起，「新年快樂！」國立笑

著對我說，「新年快樂！」我用虛弱慵懶的語氣對國立回道。國立也

許感覺到我激情過後的空虛感，他再次不猶豫的掛上電話，而我卻被陳凱緊緊的抱擁

著……

炭火咖啡——氣味濃烈，讓人們初嚐時畏之，再嚐時愛之，有如性愛的初體驗——一種甘苦並存的矛盾現象……

性與愛的協調矛盾……

焚化爐裡的亡魂—— 男孩的陰冷淺笑

在我的白色床單上，他的手輕輕滑過我的身體，陳凱我的男人就睡躺在我的左邊。我們好像初嚐性經驗般的瘋狂，一個晚上有好幾次試著拆毀這張雙人床，在搖晃和滾動間交集著洶湧的潮流。「我會不會擾亂了妳的寫作工作？」他用溫柔的語氣問著我。「會！」我豪不保留的告訴他，「那怎麼辦？就算會我也捨不得放開你……」他手指輕撫我的乳房說著，「你果然有一雙很巧的手……有可能這雙手催促著你去工作。」我對他說。「好吧！」他親了我的額頭走進了浴室梳洗，我們必須理性，就算他有可能成為我未來的丈夫，我們也不應該成天膩在一起，更何況女人應該要把腦

子放清醒一點，若即若離帶點距離感，才能讓男人愛戀著妳。也或許我在提高自己的

價值或是害怕……

白天各自工作的我們，晚上約了一家由焚化爐所改造的空中旋轉餐廳用餐，這餐

廳的感覺並沒有什麼特別的，也許是媒體的力量美化了這家餐廳的質，我總覺得桌上

的那塊肉好似納粹手下的屠宰冤魂，焚化爐裡的陰靈正看著妳食用他們的身體，一刀

一刀切割著二次的傷害，那是令人做噁的。

在喝著紅酒的時候，陳凱拿了一本藝術雜誌給我看，裡面有他上個月在海洋博物

館的展覽作品，他用一般人丟棄的印表機做了似魚非魚的形象觀念，並在周圍擺列了

許多奇形怪狀的貝殼，誰能想像兩者可以結合在一起成為一件藝術品呢？手機的震動

提醒著我注意它的存在，是醫院打來的。國立不曉得為什麼要謊稱我是他的家屬？我

42

Desire

也不知道他發生了什麼事會在醫院裡？這是令我擔心的……陳凱好心的送我到馬偕醫院，「不用我陪妳嗎？」「不用了……」我讓陳凱走了，心裡有一種不想讓他認識國立的想法。是認為像陳凱這樣搞藝術的男人應該跟高尚一點的人交朋友？還是我怕國立知道陳凱的存在呢？

走進急診室，國立吊著點滴跟我微笑招手，他的臉有一點淤青，但那並不會使他的魅力削減幾分，因為從幾個護士偷瞄他的眼神裡，就知道這些悶騷女人的心裡嘀咕。「妳終於來了……我快悶死了……」國立坐了起來看著我，「我什麼時候變成你的未婚妻？」他沒有回答我，觀察了旁邊的一位醫生走離急診室後，他拔掉手上的點滴，拉著我的手快步離開急診室。「你幹嘛啊！」我生氣的對他吼著。這個男人讓我提心吊膽的來到醫院，現在又莫名其妙的拉著我走，我真搞不明白他！

43

Desire

他攔了計程車，指示司機往天母他家開去。「是不是跟人家打架啦？你的車子呢？」我問著他。「一次不要問我太多問題！我好累，想睡一會兒……」他歪了頭倒向我的肩膀靠著，我腦子轉動著一圈的問號，不知道他又惹了什麼禍？也不知道自己為什麼那麼在乎他？國立對我而言是一團謎，亂著我、擾著我，是我生活上的不平衡點，遇到麻煩事我總是第一個倒楣，我好像是他的姊姊、他媽……在大學時我們就很聊得來，常翹課、鬧老師、指證教授的教學方針，所有的同學都以為我們是搞革命鬥爭的男女朋友，被政府下逐客令時可以一起流亡的駕鴦情人，我們也曾經搞過駭客遊戲，導入銀行的金銀島，卻又覺得無聊的關了機。如果在那白色恐怖時代裡，我們肯定要進監牢的！思想意識有時候是故意讓它走偏激路線的，我們笑看李登輝搞垮連戰和宋楚瑜，又無奈進入浮亂的扁帽世界，政治、文化、社會、經濟在我們的腦子一轉

44

慾望

瘋城

都是扭曲猙獰無所謂的。

國立進了屋帶我走上二樓的大廳後要我自便，他就這樣開了他的房門進了浴室去洗澡了，在大廳裡我又如何自便呢？除了聖誕夜那晚的神父形象和多金男女的派對記憶外，其實這還是我第二次來國立的家，說我們熟又不熟的……我們從不跟對方透露家裡的事，他從沒問我，我則等待他的傾訴。他裸著身體從煙氣瀰漫的浴室裡走了出來，「你起碼也帶上一片葉子吧！」我對國立說著。「又何必呢？這麼好的東西只有你這女人不懂欣賞！」國立笑著回了我，真是個自大的傢伙。「去洗澡吧！」他穿好衣服向我遞了一條浴巾，我有點遲疑。「放心吧！沒別得意思，跟你在一起我絕對是個君子！」國立的說法有點令我擔心，但卻讓我相信的走進了浴室。

在浴室裡我看到了一張小男孩的相片，好像是國立小時候的相片，但又不很確

45

慾望
瘋城

定，洗了澡出來後的確是舒爽許多，讓我不再對他有那麼高的警戒心，「那張相片是

你嗎？」「是啊！」他咬著蓮霧說著。並且替我送上了一杯咖啡，「哇，謝謝……」

他知道我酗咖啡的習慣，我從不勸人戒菸，因為我知道戒咖啡一定是一件很痛苦的

事。他告訴我在Pub打了人，因為酒精作崇讓他發洩了一番，而他的車子也成了他棒

下的出氣廢鐵，「有錢也別這樣糟蹋……捐點出來給『創世基金』也好啊！」我對他

的行為不能諒解。「妳還真的以為我砸了車子啊！」他說完了接著就一陣大笑，原來

車子拿去借Amy了……而他在醫院逃跑的原因始終沒跟我說。

我在他的書櫃裡找不到其他的相片，沒有任何記憶的殘留，除了浴室裡的那張，

「你跟于真的結婚照呢？」我問著他，「沒拍！」真是一個怪人，「于真也不會抗議

嗎？」國立看著我，跟我說了于真的事，那個美麗的混血兒只是他讓于真離開的強心

Desire

針，要于眞從他身邊離開的徹底。「是嗎？」現在人眞的把婚姻視爲一種遊戲，未嚐

時好奇，嚐了之後又覺得無趣，這「無趣」的背後又有千百種理由，而「個性不合」

往往是這千百種理由的第一名婚姻殺手。「那性呢？」他問我，「那愛呢？」我問

他。「這也是結束婚姻的其他兩種理由！」國立的見解我也認同，他說「出軌」是維

持婚姻的另一個橋樑，男女在一起久了，對彼此的性吸引力不再那麼強烈，甚至漸漸

消逝，如果隱瞞著對方和別人發生關係，也許就是爲了不傷害對方才有的行爲，人們

才可以從另一個心境裡求得滿足。我想著國立對我說的話，他的臨床經驗可以在大學

裡授課賺鐘點，不知道他有沒有發現自己的長才。

這兩個禮拜我都沉浸在愛的漩渦裡，和陳凱在性與愛的協調矛盾上做研究，沒有

撥過一通電話給國立，讓我省了電話費是小事，可是看著他的模樣，我知道他這十幾

47

天來一定過得不好，我的確是有點愧疚、有點心疼他，至於陳凱現在在做什麼我也不

那麼關心了，在乎的是擺放在浴室內的那張相片，一種男孩眼裡所透露出的陰冷淺笑

……

Desire

……那花式咖啡的雙重性格，令你迷惑摸不著方向，善變的享樂個性以為是時尚的追隨著，外表華麗竟嚐不到咖啡的好味道，是你選擇的不是嗎？

欲望
瘋城

【卷七】

需要你的擁抱……

哭泣的玫瑰── 再見我的父親

他突然消失了── 去了哪裡了？為什麼不告而別？我猜不透陳凱會做出這樣的事？電話打不進，又怎麼找到他的人呢？是我自己太傻了，如今找不到他才讓我有時間思考，跟他交往兩個月，不知道他的家長成什麼樣子？只知道我曾經追逐到那誠品大樓底下，猜測他所住的樓層……陳凱，你到底在想什麼？如此陌生的一個男人令我痴狂，我坐立不安的樣子，自己看了也覺得厭煩！整整三天，這個人有如空氣、有如泡沫……

站在凱悅飯店前，兩個侍者為我開了門，我的心在顫抖，臉色蒼白，一個長得不

49

錯的女人如果有這種不定的心情是該躲在家裡的，要是讓認識的人見到了，豈不破壞了形象，若是遇到一個讓你心動的男人，豈不失了機會。我現在還是有機會打倒擋的，「Sora……」來不及了，我六十多歲的父親站在我面前，他西裝筆挺對我微笑，還不錯。

「嗨……」我的嘴裡好不容易擠出一個對他打招呼的字眼。他老了還是這麼迷人，熟知養生之道的他外表看起來只有五十歲，就算跟他不太有來往，我也能感覺到他過得還不錯。

「過得好嗎？」我父親的口氣聽起來像關心，但我心裡卻是在否認，「不錯……」

其實我不知道該跟他說什麼？今天是他的生日，我什麼禮物都沒買給他，我承認我是有點故意，已經在上前菜了，我們沒聊幾句話，因為我根本不想見到他。從十歲起就要叫的阿姨終於從馬桶的深處爬了出來，高貴的走到我們的座位上，她的笑容很親

切，五十幾歲的女人氣質如此之好，衣著也不過氣、不花俏，在年輕時的確算得上是一位美女。坐我旁邊和我同父異母的弟弟洋腔洋調讓我想捶他，他從小就到國外唸書，看起來不是很長進的樣子，就是因為他的年齡才讓我推算出父親外遇的時間，差我不到三歲，可見我母親結婚之後並不能超過四年留住她丈夫的心，這是可悲的。

「我們要到美國去了⋯⋯」這一句話我並不感到驚訝，從此後我也許就可以和他脫離關係了，不用愧疚的沒去拜訪他，也不用擔心他身體的狀況，畢竟在四個人的晚餐裡，我感到自己像是客人，他們對我真是客氣，怕我發火、怕我僵了局弄擰了氣氛，所以我顯得沉默，好讓我自己看起來有些修養。「一路順風。」我笑了，我笑著對我父親說著，希望他們都能過得幸福，這是父親第一次聽到我寬容的對他們祝福。

我快要坐不住了⋯⋯這樣兩個小時的晚餐實在太久。終於結束了，父親請一位侍者為

51

我送上一束

玫瑰花，紅得艷麗、紅得灑脫……什麼時候外面下了雨了？下得如此急驟

……「我送妳回山上吧，下這麼大雨……」「不用了，我朋友會來接我…

…」我對父親撒了謊。他們離開了，賓士車裡有一家人將要到美國去了，他們可以

不用憂慮對岸的國家何時會打過來……輪胎轉動著地上的雨水、雨刷掃去糾纏不清的

關係。

我的父親再見了……

我能去哪裡？

有些慌張、有些失落……現在的我覺得好奇怪，眼淚怎麼都止不住……滴落在紅

色的玫瑰上。「小姐，你要去哪裡？」計程車司機帶我繞了幾分鐘後還是忍不住的問

了我，我能去哪裡？陳凱，我好想你喔……你到底在哪裡？現在的我真的不知道要去

哪裡？「到天母去⋯⋯」我想去找國立，也許他是我的備胎，也許他是我傾吐心事的

朋友。

「Sora⋯⋯」國立終於回來了，我全身溼透，冷得蹲縮在一旁，國立一看到我就

緊緊的抱著我「你在這裡多久了？」他邊開門邊對我問著。「兩三個小時了吧⋯⋯我

也不知道等那麼久了⋯⋯」我發抖的說著。國立的眼裡有種對我的心疼，我以為在同

一個時間裡，所有的人都離我而去了，陳凱如此、我的父親如此⋯⋯而找不到國立的

時候，我真的好怕⋯⋯

浸泡在浴缸的熱水中我還是無法忘記父親離去的那一刻，在他的左右邊各站了妻

子與孩子，而一個穿著牛仔裙、襯衫，捧著玫瑰花的女人卻站在他的面前，好像跟他

沒什麼關係。我輕鬆自若的笑容想捕捉住父親對我的愧欠，想要那有妻子身份的女人

Desire

知道我有多大方……還要那喝了洋墨水的弟弟知道他這個姊姊有多了不起，是個土生土長的台灣人！

國立的浴袍是有些大，但總比那冷到刺骨的襯衫好得多。「你要不要跟我說說你的故事……」

國立終於問了。

我們這樣六年多的朋友關係始終不介入家庭背景的交代事件中，他的問題是故意的，他要讓我發洩、他要讓我別悶在心裡，我知道他的……所以我崩潰了……哭得好慘，慘到損壞了他的Boss襯衫，指尖抓傷了他的臂膀，他用力的吻了我，彼此蠻力的火辣接吻，他知道我浴袍底下什麼都沒穿，即使那浴袍在激情的狀況下自然脫落……

他溫熱的左手摸著我的臉頰，我的淚水滑過他的指縫，燈光在我的眼裡是閃爍的……

Desire

欲望

瘋城

他的右手抓住了我的脖子，他閉合的眼睛是一種陶醉，我從來沒有這麼近的注意過

他，這是我認識的另一個國立。

我們好像赤裸的孤身男女躺在一艘浮船上面，停落在無人的荒島上，儘管空中的

禿鷹覬覦著我們的肉體，我們也是狂傲的交合著……

我和國立做愛了，我們劃破了友誼的界線，選擇讓自己痛快的活著。他睡得很

沉，他那張臉真的很像娃娃，身體沒有什麼缺陷，一顆痣都找不到，我開始想著自己

是他的第幾個女人？

這樣的想法讓我覺得很蠢，有誰還會在乎這樣的數字呢？我的頭好痛……因為我

在想陳凱，如果他知道我跟別人上床了他會怎麼想我？想我是個縱慾、不檢點的女人

……那又如何呢！他消失了不是嗎？我還想他做什麼呢？

55

天已經亮了雨還沒有停，我靠在落地窗口處看到了那一束玫瑰，玫瑰被大雨折騰

的不像話，它受傷了，我也是……國立的雙手從背後擁抱著我，而我找到了溫柔的倚

靠……

欲望
瘋城
【卷八】

盛放花朵的怯懦……

紊亂的情愛—— 模糊的戀曲

美國眷區的巷道垂躺著許多昨日被大雨侵擾的樹葉，這場空襲含著濃厚的警告意味，警告著永遠愛當世界領導的美國人放下脅迫性的武器，叫那軍艦退出波斯灣，好讓那水裡的生物享受安靜的海洋生活，給高喊「世界和平」口號的人們一次勝利的機會。可那武檢人員厭惡海珊的挑釁行動，擔憂「炭疽熱」病毒的粉末隱藏在世界各個角落，誰能確定伊拉克摧毀生化武器的真正悔悟，這是一場鬥智的心理戰，沒有人可以判定誰是最後的贏家？只能眼睜睜的看著人類走入白堊紀的歷史。這樣複雜的生態環境，讓人逐漸承受不起，好像陽明山此刻的山嵐故意模糊著我的視線一樣，街道不

是街道、朋友不是朋友……連情人的身分也難以確定……

是我看錯了嗎？那穿著白色毛衣站在雕花鐵門旁的男人是陳凱嗎？「我等妳一夜，妳終於回來了……」陳凱的出現讓我笑不出來，他說話的聲音還是那麼的好聽，那深邃的眼神依舊是令我動情的。我哭著倒在他的懷裡，「怎麼啦……」我不回答他的問題，只是盡情的哭泣，昨夜是一場酷刑，是聖女貞德的刑場火燒折磨，灼熱、疼痛全都上了我的身，我該怎麼辦……

「情人節快樂！」陳凱送我一個圓球玻璃，我在平凡的圓球玻璃外表下，看見了極小又完整的橘色貝殼，在球體的內部裡組成漂亮的美人魚，襯著白色細砂的搖動，那人魚的尾巴好像在游動的感覺，真的很好看。「謝謝……」我的語氣顯得有些惆悵，「對不起，沒跟你說一聲就到了南部……」陳凱有意思跟我道歉，但我真的很氣

他，氣他短暫的不告而別造成了他還不知道的傷害，他讓我真的很難消去心中不平衡的怒氣。「你這樣消失讓我很擔心……」我告訴他我的感受，我要讓這個男人知道這麼做是很傷女人的心的。「別生氣……」陳凱逗著我笑，用力的摟住我的腰，給我的嘴唇一個溫柔的親吻，「我為了橘色的貝殼才消失的，只是希望送妳一個親手做的禮物……對不起……」我傻住了，他是為了我才不告而別的，他想給我一個驚喜，我卻等不及的給他扣上「感情欺騙者」的罪名，我想著他在墾丁的沙灘上尋找貝殼的辛苦，在小小的工作室裡將人魚的身體塑成完美形象的認真模樣，這一切都只是為了取悅我，而我卻是不停的猜忌著他……

「肚子餓了，我們出去吃飯吧！」陳凱要我趕快換件衣服好出門，如果他真等了一夜，那肚子肯定是極餓的，他懷疑著我手機鈴聲響個不停卻不接的漠視，那是國立

的號碼，現在的我怎麼可能去理會呢……我脫去了身上的衣服，呼之欲出的乳房就算

被黑色的的胸罩包裹住，它蠱惑男人的魅力也不會遞減的，陳凱是忍不住的。他將百

葉窗拉下，音樂轉開……他用雙手將我的內衣鬆去，我也任他擺佈的撩去我的底褲，

那盛開的花朵、令人憐惜的模樣，使男人的舌尖忘我遊蕩在粉嫩的核心當中，搔癢著

我的敏感，此時我不聽使喚的手卻將陳凱給推開了，他有些訝異的看著我，他不敢置

信的模樣讓我覺得有些害怕……他不管我感受的將我抱上床去，迅速的拉開他自己的

衣服，他扮演著強暴犯的角色，讓我不得不屈服，我的掙扎是沒有用處的，慢慢的那

熟悉的感覺又回來了，他是陳凱……我想念的陳凱，「我好想妳……」陳凱對我說著

我在乎的話語……「別再離開我了……」我對他輕聲的提醒著並瘋狂的吻著這個男

人。

國立無所謂的笑著，「你別這樣……」我受不了他的那種笑容，在風華咖啡館裡，我對國立提出一個嚴肅的問題，我跟他不能再有逾越友誼的行徑了。「那天是我太沮喪了……」我對和他做愛的行為下了一個註解。而他喝著咖啡、點著香煙聽著我自以為是的說法。「妳緊張什麼？我又沒要妳負責。」國立的玩笑一點都不有趣，他想要把我嗆死才甘願，「我不管你怎麼想，反正我們的關係還是跟以前一樣……」我說的很認真。「關係是不可能跟以前一樣的！」國立看著我。「除非你給我一個能說服我的理由……」國立的要求為什麼讓我說不出口呢？我其實可以告訴他我有男朋友，這樣不就解決了嗎？「因為我們是好朋友……」我說得有些吞吐。「不對！是妳有另一個男人了！」他就這樣拆穿我，一點顏面都不給我，這個自私的傢伙，只要說出自己

爽的話就好了，可是從他嘴裡說出的這句話為什麼讓我這麼難受呢？我穿上外套，直

接步出咖啡館，「Sora…」剛到門口的Amy叫住我。「妳的臉色不太好看……」Amy

看著我，而我卻不知如何反應…國立也從咖啡館裡走了出來，「小姐，妳的皮包都不

要啦！」國立拿著我遺忘的皮包對我說著。「謝謝……」我說話的時候，Amy看我的

眼神老讓我覺得不自在。「我送妳回去……」「不用了……」我拒絕了國立，跟Amy

說有事要先走，腦子裡轉著國立說著的那一句話，他是怎麼猜測的……

　　Amy追上我要我陪她去逛街，我想她是一個體貼的人，知道我跟國立有些鬧僵，

帶著安慰我的心情陪我。「你們上床了？」Amy的問話很直接，讓我不得不承認。

「我也不知道怎麼會變成這樣……」我無奈的口氣似乎不太能取信Amy。「早知道你

們有一天會控制不住的！」Amy輕鬆地說著。她告訴我，國立跟于真結婚的時候她自

己都不敢相信，她認為我跟國立才是該走上紅毯的那一對，也許那是國立對我用的激

將法，結果在我身上不適用，反而國立自己中了自己的圈套。「不可能，如果國立喜

歡我，他早就說了！」我對Amy的推理有些看法，「妳應該了解他的不是嗎？」Amy

拿著衣服進去換衣間試穿著。我是了解國立的，如果他喜歡我的確不會跟我說的……

因為他知道我怕傷了跟他之間的友誼，這不就是我一直都很在乎的事嗎？

我必須要清楚自己在做什麼？否則有可能同時傷了兩個男人。晚上八點多的時

間，我又回到了風華咖啡館，從門外看進去，那個曾經和國立在廁所裡浸慾的混血兒

正和國立說著話，他在國立的臉頰親了一下後便朝門口走出，她看了我一眼後離去。

她很帥氣，可能是被國立用了，也可能是她甩了國立，或著是國立還繼續玩著多角戀

人的把戲。

「我的男朋友叫陳凱……」我對國立說了。國立沒有任何表情，我看不出來那是生氣還是不以為然。他開著車眼睛直視前方，「他對你好嗎？」國立問得我心酸，

「對我很好……」我看著窗外的來往行車，悄悄拭去眼角的淚水，國立將車子停在一旁，他冰冷的右手握著我的左手對我說著：「放心吧……小傻瓜，我們還是跟以前一樣……」。國立，我的好朋友，當我需要他的時候他總會出現……

64

丹寧酸，咖啡的味道之二，缺了這種味道咖啡也就不成立了；一個男人離開了心愛的女人是一種什麼樣的感覺？沒有心酸的感覺，這愛也就不成立了……

白色情迷……

二十五歲的生日——簡單的 Nobody Home

自從和國立說清楚後，我告訴自己該要認真的和陳凱繼續走下去。於是我決定在二十五歲的生日裡，把陳凱介紹給我的朋友們認識，當然也包括國立在內。在將近三十七坪的空間裡，容納近十個人應該不算太擁擠，我稍微在自己的單身公寓裡佈置一下，西班牙風格擺飾與色彩裝飾，讓白色的義大利沙發更加突顯那股前衛風，這樣的組合應該可以讓客人的眼睛稍作停留稱讚。Amy和她的女朋友阿寶是我第一批的客人，他們進來的親密模樣讓我懷疑Amy是不是雙性戀者？Amy一手挽著短髮的阿寶，一手把全套SKII的化妝品當作生日禮物來遞送給我，估計那套化妝品也有兩三萬塊的

欲望
瘋城

價值。「生日快樂！my friend！」Amy對我的熱情擁抱讓我感到很開心，以前還覺得自己跟她是不同世界的兩個人，應該不會有任何交集才對，沒想到如今卻跟她這麼有話聊。

他們兩人一到就直接坐在靠窗邊的貴妃椅上，那裡的光線充足，風景優美，是我平時看書的最佳選擇，而且是一處很容易讓人忘情而入眠的好地方。阿寶的眼神一直飄忽不定，好像怕我吃了她一樣，她長得真的很像男生，身高和Amy差不多，但胸部卻和Amy相差甚遠，平的無話可說，全身乍看之下很容易讓人誤解成女人所養的的小白臉。「阿寶，我在Pub認識的朋友！」Amy驕傲的向我介紹這位女同志，到目前為止我是這麼認定她的性取向的，「妳好，我叫Sora！」我給了阿寶一個親切的微笑，試著鬆懈她的武裝表情。「妳好！」阿寶的聲音聽起來很柔，在她靦腆的笑容裡，有

66

一種男人才有的性感神韻，難怪Amy會跟她交上朋友。

過不久，于眞帶著我意想不到的男人進入了我的客廳，羅傑，那個外國男人，曾經在天母西路爲我們逮住小偷的英勇男士，「怎麼會？」我不相信的笑著問于眞，因爲在前一晚于眞就打電話告訴我要給我一個驚喜，她說要帶她的男朋友來給我認識，可我萬萬想不到竟是那個美國學校的老師。「我們是在一間美語補習班碰到的！」于眞和羅傑坐在義大利的沙發上和我們聊著，「我現在就在火車站旁的美語補習班教課，當初也沒料到羅傑就是補習班的老闆！」看得出來于眞心情很好，我也替她高興，原本還擔心著她要是跟國立碰上了會不會尷尬？也許是我多心了。而羅傑也很大方的透露他對于眞的愛慕，他說打從那天第一眼看見于眞的時候他就被于眞給吸住了，是啊，很像外國電影裡的情節，他們是那樣的熱情、敢表達，所以才不會錯失諸

多美好的戀曲啊！再想想那天狂風肆虐的情景，我是多麼的落魄與混亂，還免費送給

許多路人裙底風光的小費，又怎麼會引起那外國人的注意呢？

Amy對於于真的戀曲問個不停，從不真正談感情的她沒想到會問于真對愛情的一

些看法，她們倆約進我的廚房裡開始幫忙煮咖啡，以前那是于真最擅長的工作，現在

的她應該還沒有忘記調配咖啡的比例，讓我驚訝的是阿寶的英文程度使我完全聽不出

來她是中國人，她和羅傑很有話聊，羅傑還問她有沒有興趣到他的補習班去教課，只

見阿寶一副沒興趣的搖頭模樣，我看得都覺好笑，在我的生日小派對裡，竟然有人如

此大膽的招募員工。

我製作人Andy忙著把許多外賣的熱食拿進廚房，他真的很熱心，他說會為我準備

所有的食物，要我別掛心今晚關於吃的一切，果真到了晚上六點多的時間，讓我見到

了他的用心：Andy和外送小弟拿上公寓裡的有二十道以上熱騰騰的浙江菜，另外還訂

了一個十六吋的生日蛋糕，只是他忘了我幾歲？只有用一個問號蠟燭來代替我的歲

數，這樣也不至拆了我已過二十五的底。

拉丁的熱情音樂讓我們開始享受著今晚的聯誼會，我的朋友們幾乎沒有讓我失望

的打成一片，我站在窗戶旁，聽見了車子的聲音，看著陳凱的車子駛進了地下停車

場，Amy俏皮的看了我一下，因為她一直就站在我的旁邊「各位，我們的男主角已經

到囉！」我真受不了Amy的大聲喧嚷，這下子所有人都在調侃我，他們早就期待很久

要見這位神秘客了，誰叫我大學四年都沒交過男朋友，如今談戀愛了，才會引起大家

的好奇心，他們很想看看誰是我心中的最佳人選。

陳凱知道今晚不一樣，會有許多人等著他，他很知禮的沒有用我送他的鑰匙開我

69

的門，按了電鈴後所有的人簇擁著我去門口迎接陳凱，我有點被弄得不知如何是好，

所有人都盯著門口看，一開門，我用微笑迎接著我的男人，「Happy Birthday！」國

立擁抱我對我說著──羅傑大聲喊著：Sora的男朋友很帥喔！在這樣的場景裡，共分

了兩部分的人，一種就像阿寶、羅傑和Andy的那樣無知的人，他們想的就是他們所想

的那樣，直接而不疑有它，所以會認為這個男人就是我的男朋友⋯⋯而另一部分的人包

括我在內，引起了于眞、Amy和國立的尷尬，這時更令我錯愕的是，就在國立擁抱我

的時候，陳凱抱著一束白色百合花站在我們的後面，我只能盡快的化解這樣的誤會，

「謝謝⋯⋯」我對國立說著，並擦過國立的肩膀走到陳凱的身邊，牽著陳凱的手進

屋，「各位，這就是陳凱，我的男朋友！」

國立笑了出來，他知道是怎麼回事，直接就進入了房子裡和陳凱打招呼，Amy則

Desire

機靈的擁上前來「哈囉，陳凱你好，我是 Amy！」所有的人一下子就忘記剛剛處在錯

亂環節裡的奇怪窘境，每個人又開始有說有笑的進入了聯誼的動作。大家吃完了晚餐

圍坐在客廳裡為我將漂亮的藝術蛋糕點上了問號的蠟燭，陳凱故意在我身旁耳語，用

他的熱氣悄悄說著「妳不要以為我不知道妳幾歲，二十五歲的美女！生日快樂！」這

一幕我知道大家都看到了，可是我現在存有不安的思緒，擔心會影響國立的心情，也

許國立避開了他不想看到的一面轉過身去和 Amy 說著話，我閉上了眼睛根本就不知道

在胡亂許什麼願望，大家起鬨著要陳凱和我接吻，我當然是不願意有國立在的場合裡

作出這種事，好像要故意向他炫耀的刺激他一樣。

陳凱卻是熱情的回應了眾人的所求，讓所有的人為我們的熱吻鼓掌喝采，這時的

我偷瞄了國立一眼，看到國立對我點頭一笑，他那故意不在乎的樣子令我更加難過，

真慶幸 Amy 的存在，她要大家坐下，請每個人對我說出祝福的話，她真像我的天使公

關，因為在場的也只有她知道我跟國立發生了什麼事……

我的製作人 Andy 第一個為我送上祝福的話：「希望妳能有更多的創意寫出更好的

劇本！」「好讓妳賺更多的錢！」我接了 Andy 這一句話卻引起大家的笑意。羅傑希望

我能快樂，他說活得快樂才能完成許多的事。這句話真的很有道理，他說完就在于真

的臉頰上親了一下，國立又會怎麼想呢？一個是他的前妻，一個是和他曖昧不明的好

朋友，全擠在一塊向他示威。阿寶則不知該祝福什麼的含糊說了一句「祝妳幸福！」

Amy 笑得很大聲，還故意要阿寶不要害羞，接著讓 Amy 補了一句「是祝妳性生活美

滿！」「那是我的責任！」陳凱對 Amy 說著，大家笑成一團，我知道陳凱很有人緣，

他在短短的兩個小時裡讓我的朋友們對我稱讚著他，他們都很喜歡他。

「我想對羅傑的快樂給 Sora 一種延續的祝福」于真她站了起來，手裡舉著酒杯對

我說著：「希望你能和喜歡的人，一起過生活，那才是全世界最美好的快樂！祝福妳跟

陳凱！」于真很有感觸的對我說著，「謝謝……」我也能體會她此刻的心境，對於國

立她始終不能忘情。輪到國立的時候，國立向陳凱禮貌的借了我，她牽著我的手輕輕

的告訴我：「要得到王子的祝福可是有條件的，可以請妳跳一支舞嗎？」國立真是大

膽作風，我也不應該拒絕，這樣才不會讓別人以為我們有曖昧之情，於是在國立的帶

動之下，我和他跳了舞，他小聲的告訴我「夜晚的水邊有妳最喜歡的顏色……」我看

著國立，也知道他的意思；他引著我到陳凱的身邊，讓陳凱帶著我跳完「Nobody

Home」這首曲子，這張國立送我的曲子……

晚上十二點多的時間，所有的人都走了，陳凱也是，他並沒有留下來過夜，他說

有工作還沒完成……我想著國立的話，走到樓下廣場旁的泳池邊，國立真的給了我一個驚喜，泳池邊全都是白色玫瑰，美得令人窒息……那是我最喜歡的顏色、最喜歡的花朵……「希望妳的未來能夠簡單一點……」國立站在我後面對我說著，「就像妳喜歡的顏色那樣的簡單……」我並沒有轉過身去，不想讓他看到我眼裡的淚，希望他也能簡單的生活下去……

咖啡的香味—沒有香味去吸引著人類的鼻，又怎能發現酸、苦並存的奇妙感；當你和情人出現了難解的問題時，才知道「情感」二字並不是只有「愛」這個字存在，它還包括好多的滋味和難以說出的感受，表面上看起來很簡單，實際確是這麼的複雜，就和咖啡一樣……

情人的陷阱……

灰姑娘的十二點鐘—幻滅的伊甸園

深夜十二點的鐘聲響起，灰姑娘為了隱瞞身分，急急的離開了王子的身邊，只留下一雙玻璃鞋給王子一個追尋的暗示。陳凱在這個月中開始扮演著灰姑娘的角色，讓我猜不透為何他不留下過夜的原因而堅持在十二點鐘離開？雖然我不是調查人員，但我總是有著編劇家的敏感反應，想要找到陳凱對我有所隱瞞的答案。「你又要走了？」我問了正在穿著衣服的陳凱。「對不起，下個月有個展覽，所以必須要多花　些時間在工作上面……」他微笑的對我說，眼神直視著我，這樣的男人怎麼會說謊呢？我擔心又像上次那樣誤會了他，畢竟他對我是完全的信任的。

在國立的咖啡館裡，我把對陳凱的疑問和 Amy 說了，「妳可要小心一點喔！」

Amy 用提醒或是警告的語氣對我說著，「什麼意思？」我不明白的看著 Amy。「妳能確定他是個單身漢嗎？」從 Amy 的嘴裡冒出了這句差點令我窒息的話，那是我從沒想過的問題，陳凱絕對不會是這樣的一個男人吧？「那妳何不去看看他工作的地方？」

Amy 輕鬆地對我說著。他告訴我透過陳凱的朋友或是家人，線索可能就會有可尋的。

對於 Amy 的建議我想該是好好考慮的時候了，如果我真那麼在乎這個男人，這樣對他懷疑所作出的舉動應該是出於關心的才是，我開始催眠著自己的行為動機。

我看著吧台，國立出國已經三個禮拜了，沒有他在身邊的感覺的確是有點不習慣，「妳在想國立？」Amy 看穿了我的眼，「我是在想他為什麼要去埃及？不去一些乾淨文明一點的地方……」我擔心他會吃壞了肚子，尤其他像是個長不大又對事物都

充滿好奇的男人，始終讓我對他放心不下，我對Amy這樣說著。「妳有沒有可能同時

愛上倆個男人呢？」Amy問了我自己都不知道的問題。不會的，該避開的已經避開

了，剩下的只是很簡單的一條線了，對我而言只有陳凱才是我心中最重要的人。

我聽了Amy的建議從咖啡館出來後就來到陳凱居住的大樓底下等待著，我打了陳

凱的手機也沒有通，只是不曉得守株待兔會花上我多少的時間？想著還是有點蠢，原

本打算取消這個守候的行動準備離開時，卻讓我看見了吃驚的一幕，陳凱從大樓的大

廳裡牽著一個大約五歲大的小女孩走了出來，我確定後面跟著他的那個長相平凡的女

人是他的太太。我熟知一個道理，那就是眼前所見的並不一定是事實的全部，不過強

烈的感覺促使著我確定陳凱的確如Amy所說的是一個有婦之夫，而我卻是愚昧的陷入

這場戀愛遊戲當中，成為一個甘願被欺騙的笨女人。我難過不起來，眼睛一滴淚水都

流不出來，只想著那個美麗的親情圖畫，五歲的女孩緊捏著父親、看著陳凱的眼神，

是天眞單純的快樂，優雅端莊的妻子跟隨在身後，溫馴安靜地看著自己丈夫，是一種

美滿的幸福，那副圖畫，充滿著朋友們在我生日派對裡給我的所有祝福，惟獨缺少一

個簡單的顏色……

　　我選擇了國賓飯店當作療傷的所在，手機關起，三天不進食也不出門，並沒有做

任何的事，腦子裡一片空白，最後想開不該如此折磨自己，決定提起精神去找Amy好

好跟她聊一聊，我是記得按了Amy家的電鈴，但不記得醒來後爲什麼是在Amy的床

上。我睜開了眼，模糊的看了房子的四周，在床邊的雙人沙發上，Amy裸著身體和阿

寶互相撫摸著對方，果眞確定了阿寶同性戀的身分，他們激情的擁吻，眞像是一對熱

戀中的情人，兩人也眞是不避諱，不怕我醒來看到她們的親密舉動……後來的我不曉

Desire

慾望

瘋城

得怎麼又睡著了，好像嗑了不該嗑的東西一樣，似夢非夢的活在這世界上。

深夜十一點多我終於清醒，幾天不睡覺，一睡就好像是活死人一樣的沉靜，肚子餓地找著廚房裡是否有可以進食的東西？Amy從浴室洗了澡出來，笑我還會找東西吃，表示我還沒有完全被擊垮是有救的。她為我弄了一盤還不錯吃的番茄炒飯，讓我快些恢復體力。「妳要看開些」，愛情這個玩意兒沒有對或錯，認了吧！」Amy告訴我，她從不跟男人深交的原因就是不相信男人的愛，所以她選擇和情人們玩遊戲，不管性別，只在乎在一起的感覺對不對。在這世界上一個人有可能存在著多重身分，情婦也好、情夫也罷，誰叫我們都是有感情的動物呢？

Amy舉例對我坦白她曾經玩過3P遊戲，「當倆個男人覷覷著妳的肉體的時候，妳就完全擁有掌控局面的權利，挑逗著他們、蠱惑著他們，用熱體在他們的身上滾動，

79

讓他們受不了放蕩的衝動……」Amy可以讓他們得逞半刻鐘，也可以讓他們無法進入

深處時發生極盡崩潰地情緒，Amy繼續說著：「當一個男人看著妳淫亂地和另一個男

人交媾時，他肯定是一邊用自己的雙手安慰著硬挺的兄弟，一邊則期待著換手的時刻

……」我傻了眼的看著Amy，如果我是心理醫生，我一定會就地對她進行心理治療，

有什麼樣的性愛她還沒有嚐過呢？在她的眼裡有一種勝利驕傲的眼神，不，是一種怨

恨的不滿，她到底是誰？

　　逃了四天，我回到了山上自己的窩，一開門卻看到陳凱坐在那張貴妃椅上，陳凱

一個勁兒的抱起我，「妳去哪裡了？」他滿臉鬍渣，看起來比我還憔悴，他沒有資格

有這樣的情緒啊……「告訴我……你結婚了……」我用微弱的口氣問著陳凱，陳凱有

些嚇到的神情，他慢慢地鬆開了我，對我說著：「沒錯……我結婚了……」我是該慶

Desire

幸他遲來的誠實還是該賞他一巴掌呢？「那你跟我在一起的理由是什麼？你準備瞞我

到什麼時候？」我問著失了魂的陳凱，「對不起⋯⋯」男人在這個時候犯了錯，就只

會說出這樣不負責認的三個字嗎？

　　他的太太和孩子從高雄上來看他，所以他才會成為半夜裡的灰姑娘，陳凱說跟我

在一起是他的意料之外，他並不是故意讓我成為他婚姻的第三者，只是情不自禁的喜

歡上我⋯⋯他和我曾經寫過的角色一樣，說出那樣令我不意外的對白，「那接下來

呢？」我問著他該怎麼處理我跟他的感情，對我而言，「性」不可能只因為「要」而

存在，這也是我對國立堅持過的理論，「我並不是因為想和妳發生關係才跟妳在一起

⋯⋯」陳凱有些慌了的說著。「那你就可以欺騙我所有的朋友？」我生氣了，生氣自

己大費周章的將他介紹給我朋友們認識，如今變成一場笑話。

Desire

「你走吧⋯⋯」我要陳凱離開我的視線，我不想再看到他那多情哀怨的眼，不想再聽到他那溫柔好聽的聲音，雖然不捨，但這是一個聰明的決定，擁有智慧的女人是該跟他斷得乾脆！這樣我就可以從情婦的角色裡脫離，可以對他的女兒、妻子不那麼愧疚，更可以證明我是一個感情的失敗者⋯⋯我要遠離伊甸園的童話世界⋯⋯

82

欲望
瘋城

【卷十一】

I struggle to put it together in a way that we are on separate roads......

It is clear to me now that we have been moving towards each other......

Toward those four days, all of our lives......

這是麥迪遜之橋電影裡經典的詮釋，有人說這部電影美化了外遇，也有人說這部電影讓外遇的人們更有了藉口，但我說這部電影讓人知道「愛」是有遺憾的——縱使倆人最後不能在一起，但在他們的人生裡享受了四天的愛的真諦——

錯怪的第三者……
不完美的愛——未盡的情愫

陳凱在我的樓下等了一夜，我實在很不忍地讓他再次進入了我的房門，為什麼感覺受到打擊的是他而不是我？「我想跟妳談談……」他小心地對我說著。「好吧……」

我想自己心中也有許多解不開的結，如果溝通能讓彼此分得徹底又有什麼不好呢？

「我想我是愛上妳了……雖然現在的我沒資格說出這樣的話……」我不明白陳凱說這句話是什麼意思？「難道剛開始你是抱著玩玩的心情嗎？」我問了他，希望他能說實話，女人在這時候顯得蠢笨，明明知道實話有時是很傷人的。「我承認……」陳凱吐出了真言，他說了他是喜歡我的，但不知不覺地愛上了我，「跟妳在一起的感覺很好

「……我跟我老婆從來沒有這樣的感受……」。

陳凱在跟我開玩笑嗎？誰不知道你們這些男人心理在想什麼？丈夫、妻子、孩子是一個家庭組成的重要元素，怎能說丟就丟呢？缺了一個都將是不完美的啊。男人和女人之間的「起初」總是天底下最新鮮的事，熱戀期的感受總是不能言喻的，論及結婚都以墳墓的字眼加以冠上，會出現問題總是在「習慣」之後，從習慣而漸漸成了疲乏……這好像已成了一種定律了，得證的結果論都以第三者來加以調適婚姻的生活做基準，難怪書局到處都是婚姻諮詢的書籍，真是讓這些作者貪足了便宜。對我而言這些專家全都是狗屁！戴著高帽就可謊稱身高多人十公分嗎？許多兩性專家還不都是家庭婚姻的不幸福者，在電視節目中高談闊論的去分析別人，真是低級的節目企劃，這種節目的製作人該好好的反省了。

沉默了近三十分鐘，我真的不知道如何反應？「再繼續下去會很痛苦……」我希望陳凱能諒解我這樣的決定，他聽了只是尷尬的一笑，然後就把鑰匙交還給我了，我們甚至連再見都沒有說。我真的好堅強，我為自己的堅強感到驕傲。陳凱走了之後，我放著馬友友的音樂洗著熱水澡，我放鬆了自己。我相信自此後對於男人我會更加小心，我相信自此後應該不會被騙上當，我要好好的生活下去。

果真一夜的沉澱讓我睡得很好，準備要打開電腦開始寫作的同時卻接了一通奇怪的電話，「妳好，我姓王……是陳凱的太太……」一大早的好心情就這樣被打擾了，她怎麼會知道我跟陳凱的事情……而且還有我的電話號碼。我掛起電話換了衣服準備去和她見面，我想以「老婆的身份」她可能會潑我硫酸吧？現在的我是帶著忐忑不安的心出門的。台北對她而言是個陌生的城市，所以我說我會去找她。我們約在誠品大

85

樓的地下咖啡館裡見了面，我曾經看過她，所以知道坐在窗戶角落旁的那個女人就是陳凱的太太。「妳是林琳小姐⋯⋯」她對我親切的問候，讓我有些羞愧。「不好意思讓妳跑一趟⋯⋯」她對我真的是客氣的可以，我對她約我的舉動充滿了諸多的問號。「對不起，因為我先生的事，約了妳見面⋯⋯」她對我道歉，這是故意的嗎？這個女人真的是很奇怪，明知道我是他們的第三者還這樣調侃我，真是有心機。

「上次我先生回高雄的時候，他的心情真的很好，沒想到他會為了撿橘色貝殼帶我到墾丁的沙灘上⋯⋯」王瑩心平氣和的說著這個讓我印象深刻的事件，我知道陳凱後來是把橘色貝殼的作品送給了我，但不曉得王瑩知不知道這件事情？「妳和他的事昨天他都跟我說了⋯⋯」「陳凱怎麼會？」我不解的看著王瑩。未等她接下去說，我

86

就忍不住的告訴王瑩：「我跟他在一起是個錯誤……是我對不起妳……」「妳不知道他結婚了又有什麼錯呢？」王瑩笑著看我「聽我說，妳並不是第三者，因為我跟陳凱早就沒有夫妻之實了……」。

今天，我聽了一個不可思議的故事，王瑩早在三年前就已經為了另一個男人和陳凱分居了，陳凱的偉大成全只要求王瑩一件事，那就是他的父母還在這世上時就不能談離婚，為了不讓父母擔心，倆人一直都有默契的協議過生活，當然王瑩的男朋友也答應這個要求，他們不爭吵，理性的面對所有的問題，所以陳凱才會避開家園在台北展開他的另一個生活。我坐在王瑩的面前想著我對陳凱的冷漠，他那失落的表情讓我好難過……「去找他吧！他現在在美術館。」王瑩鼓勵我，也祝福我，我激動的穿起外套拿了包包和王瑩道別。

87

站在馬路旁，沒有一台計程車是空車，我好急，急著想見到陳凱，急的想要擁他

入懷，他是一個這麼好的男人……這麼好的男人……這是我第二次為了陳凱催促計程

車的司機開快車，在車上我不停的撥打陳凱的手機，只是他都沒接。他會不會想不

開？他會不會以為我是個狠心的女人？我用最快的速度跑進美術館，那裡太過安靜，

只有脾氣好的閒人在看畫，我該要問問誰有看到陳凱？希望上帝能派個天使來告訴我

——垂喪的我走出了美術館，就在心灰意冷的狀況下出現了一個熟悉面孔站在我的眼

前，「妳在找我？」陳凱擦拭我的淚水，忍了好久的眼淚終於落下，是什麼樣的原因

讓我們倆個相遇？為何我們總是扮演著好多個角色，不能單純的做個自由的人……

我和陳凱有好多個日子都沒有做愛了，重回到那種懷抱是多麼地舒服，他在我額

頭上吻了一下，那是他事後的習慣。我們不再提起王瑩的事情，我知道那是他曾經有

過的難過；我也不再理會身分證上配偶欄的痕跡，在現今的社會裡那種證據都已經是不切實際的了。接下來我只想好好的跟他繼續下去，雖然不知道能持續多久，但起碼彼此的情愫都還存在……

Amy 對我和陳凱的關係很不能接受，「小姐，現在滿街上都是男人，妳怎麼會搞一個這麼複雜的感情來談呢？」

我告訴 Amy 自己不是一個很會處理感情的人，誰叫我愛上了呢？「我發現跟女生談戀愛比較快樂！也許妳也可以試一試？」Amy 很喜歡跟我提建議。「Amy 小姐，我鄭重的告訴妳我只喜歡男人！」Amy 習慣的大笑讓隔壁桌的兩個中年男子一直盯著我們看。「妳信不信我可以在兩分鐘之內釣上那倆個男人？」我當然相信這個女人的魅力囉，已經是一個兩性不分的交際花了吧！「我可不允許妳在我面前搞這把戲喔！」

我對 Amy 下了警告，我知道這個女人心理一定有問題，基於道義、基於現在和她成為好朋友的立場上，我是不能再讓她墮落下去的。

站在餐廳的外面，我無意間看到了 Amy 手上刀痕，她最近都把自己包得那麼緊，難不成身上還有許多類似的傷口？我想開口問她的時候，她正好攔到了計程車要離去，Amy 和我說了再見後我對她感到心疼，她在我面前總是傾聽著我的故事，笑得花枝招展的，而我好像從沒真正的關心過她。也許在我的內心底層還有著瞧不起她的那種感覺吧？

Exposing the pink flesh of her backside, there, between the orbs of her dimpled ass, lay a blushing rosebud begging to be plucked.

在那雙臀之間靜靜盛開一朵蓓蕾，嬌豔欲滴等待採摘……

薩德（Marquis de Sade）

情人幻覺的毒藥……

消瘦的身影—— 退讓的藉口

手推車上的行李、提醒旅客登機的廣播聲暗示著我想出國的衝動，我在第二航廈等待著國立的身影，昨天他終於給了我一個半月後的音訊要我去機場接他。不知道他有沒有變瘦？他是一個兩天之內就可以瘦掉三公斤的人，如果我有他那種體質，我肯定是個美食專家。我坐在入境大廳的沙發椅上等候著國立，這個航廈的硬體設備表面上看起來都很不錯，活活把那舊得可以的第一航廈給比了下去。在無聊之下，觀察周圍的人們倒是一項樂趣，我發現有很多空姐長得都不是很漂亮，不知道現在航空公司擇人的標準在哪裡？有些英文簡直破得可以。那些女人當上空姐的目標是為了理想？

還是認爲這是年輕時期賺錢的好職業？或者等待著凱子上勾，找個有錢人嫁了從此不再辛苦過生活。不論這些塗了濃妝的臉蛋上懷有多少個理由，我都佩服他們冒著生命危險賺錢的勇氣，尤其是在這充滿著天災人禍的世界。

螢幕上的那個男人自若的走了出來，他變得有點黑……的確是瘦了。「嗨，帥哥！」「哇，美女妳怎麼瘦了？」國立先問了我，「那你自己呢？怎麼也瘦了？」「因爲想妳啊！」他老是不正經的。國立一手牽著我，一手拉著簡單的行李，「自己的車不是放在機場嗎？爲什麼還要我來接你？」「怎麼？這麼久沒見到我想我啊？變得很多話喔！」國立笑著對我說。我好久都沒坐上他的白色BMW了，國立雖然常穿黑色衣服，但他跟我一樣喜歡白色，在他房間的裝飾裡也都以白色爲主要色系，衣櫥裡裝滿了成套的西裝，也都是量身訂做的，我知道他是一個相當有錢的人，而他的富有也

Desire

絕對不是因為風華咖啡館的收入，咖啡館只是他擺放的一個休息之地。他開著車心情

不錯的對我說著：「我老爸變了！現在也會陪我媽去歐洲旅行了！」「原來你是去找

他們……」我解開了心中的一點疑惑，如果家庭因素是導致國立不快樂的原因，我倒

是希望他能把家裡的問題給搞好。

我們開著車到淡水吃海鮮，國立點了五個人才吃得完的份量讓我看了都害怕，

「吃不完的，幹嘛點那麼多啊？」我問著國立。「因為我們要補充營養啊。」他餓了

多久我是看不出來？因為他都把菜夾進我的碗裡，好像以為吃這一頓就可以讓我瞬間

恢復肥胖一樣。「已經不早了，我該回去了！」我擔心陳凱回到房裡會找不到我，他

是一個很少用行動電話控制我的男人。「好吧。我送妳回去！」國立也許知道我在擔

心什麼，只是在我睡著的時候，他調皮的把我載回他的家裡。「我原本要送妳回去

的，可是我希望妳能陪我一晚……」國立的口氣顯得有些可憐，其實很久沒看到他，我也希望能陪陪他。

趁國立在洗澡的時候我向陳凱說了不回家的理由，陳凱他沒多說什麼，要我明天一早就回去。國立洗了澡後就直接躺在床上了，「你怎麼啦？不舒服嗎？」我摸著他的額頭，他是發燒了。他要我從桌子旁的抽屜裡拿藥出來給他，他說普拿疼是可以退燒的。這倒是不重要，我想的是現在流行的ＳＡＲＳ病毒會不會鑽進了他的體內，他還有力氣笑我的擔心，還說了這樣我有可能會跟他一起死，我捱在他的身邊餵他吃了藥，他卻一個勁的抱我上了床，「陪我躺著……」我為我們蓋了被，靜靜地躺在他的懷裡，這樣的舉動真是奇怪，我知道不對，他也知道，但我們就是想要陪著對方。

「離開他好嗎……」國立的要求怎麼會在他回國之後出現呢？「我曾經離開了，

Desire

但現在我又回到他身邊了……」我誠實的跟國立說，如果能斷了他的想法那是最好的。「我愛妳……」在國立睡著的那一刻，我聽見了那三個字，我到底愛不愛他？到底愛不愛陳凱？我摸著國立消瘦的臉頰，用手指輕碰了他的嘴唇，我以為他睡了，結果他睜開了眼更緊緊的抱住了我，我和他相吻著，接著又犯了不該犯的錯誤，我開始學會比較，比較和他做愛跟陳凱有什麼不同？跟陳凱做愛是一種順理成章的感受，沒有過多的姿勢和愛撫就了結了一切；和國立在一起，卻會使妳上癮，他好像知道女人的心理感受，怕壓痛了我、怕使我不舒服，又會在激情的高點處讓妳浸慾在奔放的潮流裡，那是一種幸福、一種期待……這一晚國立沒有戴套子，我擔心我會懷孕，如果是這樣那我又該怎麼辦呢？

第二天一早，國立的燒退了。我為他弄了荷包蛋、火腿和一杯咖啡當早餐，但我

的眼睛卻不敢直視他。「妳可以嫁給我，這樣妳就可以每天幫我做早餐，雖然蛋有點

焦，不過還可以下嚥……」國立很喜歡取笑我，真是沒變。「我可不想當你的黃臉婆

啊！」我頂了他，但我聽了他這麼說心裡還算舒服。差不多十點的時間，國立載我回

到了山上，「我會在咖啡館，沒事可以來找我！」國立帶著墨鏡對我說著，雖然墨鏡

會遮掩他迷人的雙眼，不過那會讓他更有男人的魅力，跟國立說了拜拜下了車後我有

點擔心的抬頭看，陳凱是不是在房裡……

我好像半夜偷跑出去玩的女孩，深怕家長知道昨夜的瘋狂會數落我，我走進房裡

並沒有看見陳凱，難道他也一夜沒回來睡？Amy打了電話給我，問我昨天是怎麼回

事？我聽不懂她為什麼會這樣問我？她說陳凱早上打電話給她問了國立的店在哪裡？

現在有可能去了風華咖啡館。陳凱是怎麼回事？我不敢想像他會有這樣的舉動……

96

慾望瘋城

我從咖啡館的玻璃窗裡看見我的倆個男人在談話，我走了進去不客氣的坐了下來，「我跟國立只是朋友……」我對陳凱說著。「但國立說妳是他的？可以告訴我是怎麼回事嗎？」我看了國立一眼，國立並不覺得他做錯什麼，「是我的錯……」這是我這個月第二次對別人道歉，我好氣，氣我自己也氣他們。「我退出……」國立說了這句讓我心痛的話。陳凱二話不說把我牽了出去，我不敢回頭看國立，如果不是我的猶豫，現在我和國立有可能是對夫妻，如果不是我的猶豫，現在的我可能不會傷害我跟國立的感情。難道我真同時愛上了兩個男人？

「我決定跟王瑩離婚，這樣我們就可以正當的在一起了……」陳凱有些火氣。

「這樣你就會失去你的原則。」我不希望陳凱為了我而做出讓他後悔的事情。「妳不要離開我……」陳凱，我知道他對我越陷越深了，他說在我生日派對上，他早就看出

我和國立有不尋常的關係，直到昨天他才確定。最近陳凱的那種瀟灑不見了，他會爲了我有這種反應我是應該感到高興的才對啊……

世界上的亂已經絆住了人們的理智了，守候已久的美國終於向伊拉克開戰了，人心惶惶之下有什麼樣的事不可能發生呢？我周旋在兩個英俊男人之間一點都不感到驕傲，我好想回到以前的生活，就算是只有一個人……

Who does not dream of indulging every spasm of lust, feeding each depraved hunger?

誰不想恣意馳騁性幻想，餵飽飢渴的慾望……

薩德（Marquis de Sade）

恣意馳騁的陽具……

距離遠一點——相處久一點

他將全身的力氣發洩在我的身上，他讓我下體痛得難受，我的手撫摸在陳凱的背上全都是憤怒的汗水，我哭了出來要陳凱別這樣，「我受不了妳的背叛！」陳凱大聲的對我吼著，他下了床進了浴室……這是我第一次對他感到害怕。浴室蓮蓬頭的水落到地表的磁磚上，發出迅速不耐煩的敲擊聲，急躁著我不自在的心，這個曾經讓我失了魂追逐的男人已經變形了……

多少天我沒有出這個門，我擔心陳凱會多疑滲入更深矛盾的結裡，鏡子中的女人那貴婦驕傲的眼神已然消逝，被迷惘的愁緒給取代了。深夜，陳凱回到床邊躺著，他

告訴我他辦好離婚手續了，要我以後可以放心他的身分所帶給我的困擾。我側著身體

假裝睡著，這個消息我並不會感到高興，因為這會讓我找不到離開他的藉口，而且會

成為他牽住我的另一個理由。

Amy在白天的時候拿著一大堆零食跑來找我，「我的天啊，妳又不是難民，怎麼

瘦成這副德性啊？」

Amy對我的身材有很大的意見，不用告訴她原因她也知道為什麼。還好有她陪我

聊天，否則我可能會在多日後枯萎凋零。「離開他吧⋯⋯」Amy勸我。「那不容易，

他為了我離婚了。」我對Amy無奈的說著。

「你知道嗎？于真要跟羅傑結婚了！」「真的嗎！」從Amy那裡得知了最近唯一的

好消息，「于真打電話找妳很久了⋯⋯」我知道他們會找我，我把手機關起，電話線

拔掉，不收網路信件，除了親自來我家外，我相信透過其他方式是找不到我的。

「Amy⋯⋯國立最近在做什麼？」

Amy停下吃零嘴的動作回答我：「你們倆個眞有默契，今天是他要我來看你的！

他最近也過得不好，跟妳一樣多愁善感的。」「是嗎⋯⋯」

有時候看起來很簡單的事情，處理起來卻是那麼的難，如果我是一個敢愛敢恨的

女人，我早就可以對陳凱說一個「不」字了，我可以直接告訴陳凱剛開始對他的迷戀

只是一種神秘的情感轉移；或是告訴陳凱我們的想法有差距，做朋友也許比較好⋯⋯

不然就跟他說他的佔有慾太強，強得讓我無法接受！我的腦子裡面無論想了多少種理

由，就是缺了一個「勇氣」去面對。

「不如讓國立去跟他說⋯⋯」Amy瘋了，這樣只會把事情弄得更僵，我眞是對不

起陳凱，在他的背後和朋友不是談論他的好處，

而是絞盡腦汁在想辦法脫離他。「妳有沒有想過

事情弄成這樣都是我做事優柔寡斷的因素？」我問了Amy，

「也許是妳的命運吧……」Amy談論到命運讓我不太能理解，不過這讓我想起了希臘

悲劇裡伊底怕斯王的故事，弒父娶母，終難脫離命運之說，這樣無可考的理論根據的

確常在現今人們的身上發生，從不知道你生命會遇到多少男人或女人？頻率對了就會

搭上，否則怎麼會常有交往多年的戀人們，最後步上禮堂的終不是對方呢？「看開

點，會想通的，就像我差點爲了江董鬧自殺……」

Amy真的嚇了我一跳，「那個上次我看到的江董？」我再確認一次，「沒錯就是

他！」Amy會愛上一個六十多歲的老年人，真是不可思議，「我不甘心他甩了我，我

也不相信我對他用情那麼深⋯⋯」Amy跟江董並不是玩玩而已，是江董在酒店把吸了

毒的Amy給救上岸，在短短的一年間完全改造了這個曾經墮落的女人，讓她擁有正常

的生活和職業，只是江董認為該是和她劃清界線的時候了，所以才讓Amy從阿寶的身

上找尋戀情的寄託。

晚上我弄了一桌菜等待陳凱回來，我想試著去找回我跟他開始的那種感覺，進了

門的陳凱似乎有些訝異，這是我第一次為他做菜，他笑了，和我共度一個愉快的晚

餐，餐後我們坐在貴妃椅上溝通著，他對最近的行為感到抱歉，他說不知道自己為何

會成了這麼不理智的人。

而我卻好奇的問著他：「你父母知道你們離婚的事嗎？」「知道，而且不能諒解

⋯⋯我並沒有說是因為王瑩外遇的關係⋯⋯」陳凱為了保護王瑩讓自己成了代罪羔

羊，「我要妳搬到我那裡去，住山上不會覺得不方便嗎？」陳凱對我提出這樣的要求，讓我沒辦法答應，我告訴他我喜歡山上，這裡安靜對寫作很適合，而且希望他能擁有一個和孩子共處的空間，我去干預是一件很不好的事。

電影裡的婚禮會有美麗的鮮花和神父握著聖經的畫面，大鍵琴的結婚進行曲彈奏著，穿著白紗的新娘緩緩步入了禮堂，她是今天最美的女人，而新娘眼神裡透露的是她對先生愛的詮釋，當雙方對上帝承諾起忠誠夫妻的誓言後，婚姻就這樣誕生了。

于真並不想要這麼形式的婚禮，他們在羅傑家的庭院簡單的向親友們宣布這樣的好消息，一點的音樂和小酒，讓在場人士都開心不拘束。我跟 Amy 算是這場婚禮亮眼的女人了，卻沒有才二十出頭拍過多支廣告的文希來得搶鏡頭，文希是于真的表妹，長得比于真還漂亮，那眼睛真是會放電，已經吸引許多老外和她交談了，再看看她忙

Desire

著比手畫腳的模樣，英文像是不及格的小學生，但還真可愛。

于真穿著粉紅色的小禮服走向我跟Amy，「恭喜妳啊英文老師！」我對于真道賀，「我佩服妳的勇氣！」Amy對于真說著。

于真開心的笑了出來「是啊，我都有勇氣結第二次婚了，怎麼你們一次都不敢啊！」Amy指向阿寶，「我跟她怎麼結啊！問問旁邊這位小姐吧！」于真靠向我坐在搖椅旁說著：「我想我們不用避諱了，當我跟國立在一起的時候，我就發現你們是相愛的！」

Amy聽于真這麼一說又大笑起來了，「這真是一個公開的秘密啊！」Amy拍我肩膀說著。

在我身旁的兩個女人，一個脫離了自殺的念頭，重新在女人的身上尋找到了另一

段奇異的戀情：一個則勇敢的面對和前夫不幸福的婚姻，接受另一個男人的愛戀。而

我呢？

就算是微風送來的落葉也不能讓我感到那是一種美感，眼前所有的一切都不能給

我一個清楚的答案。「你們看看陳凱，他並沒有做錯任何事情……」陳凱在和文希聊

著，連他也會被文希的那種俏皮美給勾住了。「但妳不能因為同情而犧牲自己啊！」

于眞怎麼會這麼說呢？我跟陳凱在一起從來沒有這一個「同情」的道理啊，「如果他

的前妻傷害過他，那妳也絕對不是他前妻的替代品！」Amy說了重話，然後她便走了

過去找阿寶。

「對妳而言國立也許是一個永遠長不大的男孩，但他也只會在你面前使這種個性

……記得國立跟我說過，每次他開車載妳的時候，他都習慣走前山，因為距離遠一點

那可以跟妳相處久一點……」

于眞的話把我的心給揪住了，國立這個男人怎麼可以在他老婆面前說出這樣的話，那眞的很傷于眞的心，難怪于眞決定和國立離婚的那天她會跑來山上找我，原來她是想試探我跟國立有沒有關係，我還以爲和國立搞性關係的混血兒才是他們婚姻觸礁的導火線，結果我才是使他們分開的罪魁禍首，「于眞，我從來不知道國立會這樣對妳……」我向于眞表達了歉意。

于眞卻不在乎的跟我說著，「妳知道嗎？當初我是一廂情願的愛著國立，結婚也是我提議的，因爲我怕妳會把他搶走，可是誰知道妳沒有任何動作就可以抓住國立的心，所以妳不應該用陳凱來逃避問題……」于眞說出這段話的時候我很注意她臉上的表情，她眞的沒有怪我。

深夜的浴缸裡，陳凱用最直接的肢體語言告訴我他要我，撐開的雙腿掛落在裕缸的兩邊，任陳凱的陽具置入到顫抖的細縫當中，我內心哭喊的聲音強過陳凱頂撞我的恣情喘聲，此時輕灑在我臉上的不知是浴缸裡的溫水還是眼裡的淚水，但我知道這只是一種情慾……

紐約，交雜著死亡、性愛氣氛的夢幻環境，讓比爾醫生好奇的進入一場性愛派對，他看見許多在白天是正人君子的紳士們，黑夜則成了帶著面具露出縱慾狂歡本色的男人，他們在華麗詭譎的高級住宅裡，如野獸般的瘋狂交錯著，如不緊閉著雙眼，思緒就會跟著墮落淪陷——真實與虛幻被拉扯著、被拉扯著……

「大開眼戒」（Eyes wide Shut）

暗房裡的奇蹟……

古埃及的秘密……桃花源的性天地

一點微風、一點暗沉是今天天氣的寫照。

陳凱最近為著他近期的聯合藝術展覽做準備，在他埋首設計工作的忙碌期間裡，可以讓我暫時拋開和他在一起的那種不確定感。

我在房裡徘徊許久，想著要不要去見國立，他打電話來要我去找他，說要給我看樣東西，不知道是不是國立想見我的一個理由……最後我還是決定換了衣服去見他，不該為了陳凱而失去一個好朋友，也沒有必要為了一個男朋友而避開國立。

才到風華咖啡館就看到女工讀生小莉跟一個歲數和她相仿的男生在吵架，就在男

109

生要打小莉的那個瞬間，被國立給擋了下來，國立不高興的要小莉的男朋友趕快離開，只當國立帶著淚流滿面的小莉回到吧台的時候，那男生拿著手裡的滑板準備在國立的後腦杓給他教訓，但這一下卻被我挨了下來，我的肩膀受到重擊，小莉的男朋友立即逃離現場，我痛得蹲在地上，背後的衣服也被滑板給拉扯破了，我想店裡的客人看了一場免費的精采演出，演出最賣力的我覺得整個肩膀好像快要掉下來一樣的難受。

一兩位客人的親切問候及小莉的道歉，都不比國立的攙扶來得體貼。國立拿著冰塊為我的肩膀冰敷，他將我額前的頭髮撥弄到耳後，他不說我也知道他在心疼我，但我邊喝咖啡邊看著國立的柔情眼神，心中卻是有一絲的竊喜，因為這是一個「意外」的驚喜。

Desire

「笑什麼……不痛嗎？」國立摸著我的臉頰問我，「痛，但痛得很值得。」，國立搖頭笑我傻。

「走，帶妳去換件衣服。」國立放下冰敷袋子，要小莉和兩個男工讀生顧店後就帶著我走了出去。

「穿上我的外套，不要便宜了別人！」國立對我說著。我聞到國立的外套有淡淡的香味，那會讓人捨不得脫下。跟著國立來到「微風廣場」，看他對環境的熟悉我判定他一定常來這裡，這裡面的專櫃幾乎都是高檔的名牌服飾，我很少會花下幾萬塊只為了買一套衣服，對我而言太過浪費奢侈，而且穿得我很不自在，國立倒是認為我很適合穿著這樣高價位的服飾，他說可以更烘托我這個作家的氣質。

但我卻不這麼以為。「你說要給我看樣東西……那是什麼？」「秘密。」換上了

衣服國立裝神秘狀的帶我到他朋友家去，我不曉得他有朋友住在北投，四十幾歲留有鬍渣的古奇錚是一個有名的攝影家，他遊遍世界各國拍了不少好照片，我曾經看過他拍攝紐約市飯店的攝影集，他以飯店內的人物做為拍攝的主題，更顯出各個飯店的不同特色。在他靠山的簡單住所裡有硫磺溫泉讓他享受，花草和樹木的自然香味圍繞在他的小木屋裡，這裡簡直是世外桃源，讓人覺得舒服清靜。

「妳就是Sora吧？歡迎。」「你好。」古奇錚給了我很好的第一印象，果然是物以類聚，以國立的質感交上的朋友是不差的。

四十幾歲的古奇錚有種成熟的男人韻味，活像是李察基爾中國版。原以為生活在這種環境的人應該會是閒來無事泡茶的那種人，結果古奇錚也喝咖啡，他說喝咖啡讓他更能拍出想要的照片，那是茶葉所不能給予的快感，我倒認同他的想法和習慣。

Desire

「我這裡有上好的咖啡豆，都是我這個好兄弟給送來的！能交上一個開咖啡店的朋友真是不吃虧啊！」看著古奇錚和國立談笑的樣子就知道他們交情還不錯，「這就是你的秘密啊！」我偷偷在國立的耳朵旁問著。「想知道就親我一個……」國立也小聲的回我，讓我頓時紅了臉，深怕古奇錚有聽到他對我開玩笑的話。

就在古奇錚煮著咖啡的時候，國立帶我到暗房裡去揭開秘密，看著房裡吊掛的相片全都是埃及那裡的背景畫面，而且全出於國立之手。

「哇，我不曉得你有這樣的專長！」我對國立有了較高的評價，「到隔壁去……」國立興奮的拉著我到隔壁的房間去。

我看到許多洗好的相片攤放在桌面上，沿著尼羅河的各個神殿國立都去過，在吉薩（GIZA）的三座金字塔前留下了獅身人面獸的古老痕跡，古埃及舊國王時期的曼

菲斯（MEMPHIS）也掌握在國立的快門之下，我看到了懸空教堂（Hanging Church）的歷史紀錄精采的呈現在我眼前。

「這些都是要拍給妳看的！」國立感性的對我說著，「謝謝，我已然身歷其境了！」我很高興國立的貼心。

在眾多相片的桌腳旁，我看到一張相片是六、七十歲的中國男人站在亞斯文（ASWAN）市區的餐館旁抽著煙，那張相片讓我好有感覺，我拿起來看時，發現下面一堆全都是這個男人的相片，看這幾張的連續畫面便知道這個男人在招呼客人，「他是那家餐館的老闆。」

國立看見我拿起相片，「這些相片都充滿了感情……我很喜歡。」我對國立言出我的感覺。「那是我爸爸。」

Desire

國立的話讓我有些錯亂，「你爸爸不是外交官嗎？」我問了國立。「相片裡的這

個人才是我親生父親……」國立坐上了桌子，拿起其中一張相片對我說著。他看起來

在掩飾悲傷，「妳記得我房間浴室裡的那張相片嗎？」是啊，那張相片讓我印象深

刻，因為國立的家裡再也找不到其他的相片了。「就是這個人幫我拍了之後留下的！」

國立看著他相片裡的父親說著。

原來國立要跟我說的秘密不是在於他喜好攝影這件事，因為在攝影的背後還隱藏

著一大段歷史讓人追溯。

國立從小就被顏家給收養，受到貴族王子般的生活待遇，原本這樣的人應該要很

慶幸自己的命運才對，可是他卻活得不快樂。

國立告訴我永遠記得他父親背著包包率性離開的畫面，而他父親拍下相片後就不

慾望

瘋城

了。在夕陽的光輝裡，我看見國立的淚光。

著：「過去了……現在的我想要快樂的活著……」國立將他內心的傷痛給釋放出來

當國立走到門口的時候，我突然一陣心酸的從後面抱著他，國立轉身抱住我說

咖啡……」

麼，只覺得不知道放在哪裡就亂擺……」國立跳下桌子摸著我的頭，「走吧，我們去喝

「爲什麼把相片放在浴室裡？」我好奇的問著他，「不爲什

他小時候父親幫他拍攝的那張相片。

這個男人最後的下落，也看到了

從埃及寄來的信件，才讓他知道

知去向了，直到有一天他收到一封

116

慾望

瘋城

這個男人一向都很堅強，從不告訴別人自己哪裡受了傷，不管好壞的總是把所有的事情放在心裡，就連我也讓給了陳凱，這就是我對他為何不諒解的原因，也將錯就錯的和陳凱在一起了。

國立泡在小木屋內的溫泉浴池裡，在熱氣的隔離之下，一雙癡情的眼睛在望著我，我脫去了衣服走進浴池，故意用雙腳挑逗著他。

在這世外桃源裡我們深知不能浪費了這做愛的好環境，他摸著我的頸子，透過硫礦水憐撫我的胸部、輕咬我的耳朵，挑動著我敏感的部位……

終至讓我受不住的吻著他，而雙手則無意識的去觸摸他每一吋肌膚……國立引著我站起來靠向牆壁讓我轉身背向著他，溫泉水裡的溫度燃燒著我們內心的火熱引線，讓我遺忘了疼痛的肩膀……

117

慾望

瘋城

他在完美的時間點上讓那強針打進我虛幻的洞口，俏到好處的緊密結合穿梭著我

高昂的情緒，搖擺動作之後我們得到了解脫，心靈與肉體都擁有被釋放的滿足感——

這是一個陌生的空間，一個容易讓人引發性慾的情境，任誰都難以抗拒……

118

Desire

男人和女人間，起初是慾望，接著是熱情，
緊跟著開始起疑！忌妒！憤怒！背叛！
最高價得標的愛，何來信任？沒有信任，就沒有愛！
忌妒，是，忌妒，會逼得你發瘋！

男人與女人的感情契約……

忌妒！憤怒！背叛！──逼得你發瘋

小木屋裡有著芬芳清涼的味道，下了雨的桃花源有種淒美的感覺，剛睡醒的我躺在床上看著窗外園景，沉浸在一種舒服的享受裡。國立還未進房就讓我聞到咖啡的香味隨他而至，「是藍山……」我問著國立。「專為妳這個懶人煮的！」國立回了我。

藍山的味道順進了我的口，這是一個很棒的早晨。拿起煙抽的國立倚著窗口擋住微弱的光線看著我，「女人在這個時候是最美的……裸著身體裹著輕薄的被單，喝著愛她的男人所煮的咖啡……」國立吐了一口煙說著，他的任何姿勢與習慣媚惑著我的眼神，米色的針織衫和休閒褲是他放鬆心情的自然色彩與布料，悠閒的語氣和困倦的眼

神搭著慵懶的肢體動作，讓人想輕躺在他的胸口。

「縱然是美的，你也不敢擁有。」我大膽的說出了假設的語言。國立將煙息了走向我，我的話也許刺激了他，「Sora…」當他靠近床邊時候，他突然間臉色蒼白的緊抓胸口，「國立，你怎麼了？」他倒入了我的懷裡，呼吸困難的冒著冷汗，「國立……你別嚇我……」我緊張慌亂的抱著國立，要他告訴我哪裡不舒服，他沒有回答我並調適著他的呼吸，直到他咳了幾聲後才讓我感覺到他不那麼痛苦，「國立，你還好吧？」，國立緊緊的將我抱住，對我笑著說：「對不起，我只是想知道你關不關心我……」「顏國立，這一點都不好玩，你差點把我嚇死了你知道嗎？」我生氣的推開國立，但他撒嬌的又抱住了我，「His eyes upon your face, his hand upon your hand, his lips caress your skin. It's more than I can stand……why does my heart cry……」國立對

我唱出了這一段心聲，這是紅磨坊（Moulin Rouge）裡男主角的心情寫照，「你以為陳凱碰你的時候我不會忌妒嗎？妳以為我真捨得放了妳？我是愛妳的……」我閉上了眼睛緊鎖著眉頭，我原本想讓自己脫離現實的環境，可國立又讓我回到了難過的情節裡。「我要走了，今天他有展覽……」，我穿上了衣服踏出房門，不管國立的想法，也沒向古奇錚打個招呼我就離開了這個桃花源。

小雨的滴落還是無法讓我清醒，我再也不想見到國立這麼沒有擔當的男人了，為什麼我總是在別人那裡才知道他對我的想法，為什麼當他承認了對我的愛後，他卻不敢將我帶回到他的身邊，我想通了一切，我要跟陳凱分手然後到國外去走一走，沒有了愛我照樣能活。我將自己整理了一番換了一套衣服後來到了藝術展覽中心，我沒有心情去看那些奇形怪狀石頭的象徵意義，也沒有心情去聽那些藝術家對他們作品的創

Desire

作想法，我只想找到陳凱告訴他我
要離開他。就在擺放糕點的角落
裡，我看見陳凱和于眞的表妹文
希在那裡介紹著他的作品，他怎麼
會邀她來呢？不長腦袋的女孩能有什麼智慧去了解那些藝術品呢？只會手舞足蹈的亂
附和一通，我直接站在陳凱的面前對他說著：「我有話跟你說！」「親愛的，妳來
啦！妳看文希也來了。」陳凱好像沒聽到我跟他說的話，我根本不想理會文希假面的
笑容，「我有話跟你說。給我五分鐘好嗎？」我像是孩子般的那樣頑固逼得陳凱不得
不將我拉到一旁去。「這兩天妳去哪裡我都沒問妳，可是妳一出現就是一副不耐煩的
樣子，給我留點面子吧。」陳凱對我說了重話，「我要分手……」當陳凱轉身要離去

慾望
瘋城

的那一刹那，我對他說了，「回去再說吧……」陳凱不理會我的話掉頭就走，而我則

想趕快從會場裡跑出去。

在這三千坪的草坪上佇立了許多的雕像，沿著噴水池向門口走出去時我看到了噴

水池旁的藝術作品，它特別的造型讓我不得不多看它一眼，它是由五百個八公分正四

方形的體積所組成的女人形體，作品的名稱就叫做「我的女人」，出自陳凱之手。我

不得不佩服陳凱的才華。「我可以叫妳 Sora 嗎？」嬌滴滴的聲音是從文希的嘴裡發出

來的。「嗨，文希……」我的語氣不是很有精神。「妳跟陳大哥吵架啦？我看他在會

客室裡都不說話耶……」對於文希的問題我不知道該如何回答。「後面這個女人就是

妳喔，是陳大哥跟我說的。」文希的話讓我對陳凱產生了歉意，我真是糊塗，就算有

什麼事也應該在會後再跟他說才對，畢竟今天是他發表的大日子。

123

我走進了典雅的會客室，這裡簡直就是這些藝術家聚集的人文之地，更是巴洛克風采的集中營。「妳不是回去了嗎？」陳凱冷漠的問著我。「對不起……」我對陳凱道了歉。「走吧。」他牽著我上了車。在車上我越想越覺得自己做錯了事，他原本還興高采烈的要把我介紹給他朋友們認識，而我卻掃了他的興。「你要帶我去哪裡？」

我發現陳凱把車開進了誠品大樓的地下停車場。「我要帶妳回家。」陳凱的話諷刺了我的行為，因為我曾經問過他為什麼不帶我回他家，也曾經懷疑過他對我是否真心……

……現在的我反而成了背叛的一角，愛情的謊言編織者。

十樓的電梯一開，右轉走二十三步到達他家門口，這是我的習慣，老喜歡算著無意義的數字。一進門就看見掛在右牆10×12的女孩素描，那是他女兒的素描像，畫得跟本人真像。陳凱進了房間，我跟著他的腳步探進了房裡，那張加大尺碼的床，讓我

慾望
瘋城

Desire

想像著他和王瑩的親密接觸，我看不貫在他書桌旁的那張全家福照，這提醒了我曾經是他的秘密情婦。「把衣服脫了。」那深邃的眼神有著不容忽視的怒氣，「陳凱……

我們需要談談……」陳凱上前脫去了我的外套，他這樣的舉動讓我有些難堪。「陳凱，我不想……」我走到門口的時候陳凱又把我拉了回來。「你可以跟他上床，為什麼就不能跟我上床！」陳凱抓了我瘀青的背膀，使我痛得不敢叫出聲來。「因為我不愛你……」我對陳凱哽咽說著。他垂喪的靠在牆上，沒有任何的表情。「對不起，讓你為了我跟王瑩離婚……在你父母面前受了那麼大的責備……」「我對妳付出多少那不重要，重要的是妳讓我以為妳愛我……」不知道天什麼時候黑的，不知道是什麼動作或是什麼話語讓我傷了陳凱，我發現剛開始妳可以去喜歡一個男人，也可以搞不清楚自己對那男人的感覺，但……千萬別讓你不愛的人誤會著妳是愛他的，這樣對方會

開始走進妳下的棋盤裡，任妳擺佈著他的去向，隨意聽妳的差遣，最後沒有妳的手指

去引導他所站立的位置，他便失去了方向，因爲他已經習慣有了妳，也慢慢的、不自

覺的愛上了妳，如今要掙脫是多麼的困難……

　我和陳凱沒有任何的紙上契約，條例著我們所該遵行的感情事物，但彼此內心的

情鎖讓我們在二、三十歲的年齡裡嚐受到了情傷的痕跡…

126

十六世紀放棄常軌畫作的著名畫家艾葛瑞柯（El Greco），以一股新奇激動的手法來來描述神聖的故事，在他「揭開第五封印的情景」畫作當中，聖約翰站立一角高舉雙臂好似與上帝的權威對抗吶喊，憤怒、炙熱、黑暗的情境空間裡，有如末日將近般的令人心生恐懼……

國立生命的計時板……

叢林野獸的剃刀──向上帝討個公道

第一次踏進陳凱的「家」，卻也是最後一次。沒有辦法繼續的戀情在忠誠路上的這個夜晚畫上了休止符。陳凱倚靠牆上落寞的神情定會刻印在我的腦海裡，永遠無法忘卻……街道上的路燈並不因為知道一段戀曲的終了而亂了它點燃的時間，告訴我這是一個深沉的夜。站在誠品大樓的人行磚上，不想留戀卻也無力行走……如果要回憶，則會將我帶到下個路口的「大葉高島屋」前徘徊，那裡有櫥窗、有卸下伊甸園的裝置痕跡；那好聽聲音、好看男人的笑容就在第一次的接觸裡，在那個地方給了我一段戀情的開始。我從不提「後悔」兩個字，因為那太傷人，認識陳凱是我的運氣，也

因為他的出現才讓我知道我有多愛國立，也才讓國立有了失去我的警覺心，人就是這麼的賤，沒有刺激、沒有外力，就只好甘於現狀，有了刺激與外力時卻讓彼此間產生了尷尬與疙瘩，最後竟是一場空……

我打了電話給 Amy 問她現在人在哪裡？她真的是我唯一的朋友，唯一想要找的朋友。林森北路的巷道裡真是越夜越熱鬧，推開 Pub 的玻璃門，吵鬧聽不懂的音樂猛地鑽進你的腦，辣妹的超短迷你裙看得到內褲欲想脫落的模樣，豐滿的胸部沒有遮掩的內衣修飾，讓那尖挺的乳頭在白色無肩帶的緊身 T 恤裡逗弄著野獸的眼，日本一〇九矮子樂的風尚也竄進了台北的夜社會，十五公分的高鞋誇張的炫耀它的延展度，使閃亮的姊妹們不用藥物就可以自然長高，看她們臉上的表情就知道很得意這樣的打扮。

而叫流行的追求者們，可以找到一定的衣著格式，男生的寬鬆牛仔褲切記要配上方格

子的四角內褲，四角內褲也切記要掙脫牛仔褲的抓痕，讓顏色與品牌展露頭角，這樣

就可讓人有著誤以為褲子將要掉下的那種惹人厭的混亂感。十幾到二十歲不等的男男

女女行走、互貼磨蹭、激吻、交易……縱情揮灑在搖滾的音樂氛圍裡，讓人目眩難受

……「Sora……」Amy終於出現，手拿著海尼根的綠瓶子，使我想偷望幾眼那瓶子標

有幾％的酒精濃度，在我不急著計算的時間差裡，Amy牽著我到地下室去，不知肩擦

過多少吐出酒氣的男女們，聞了多少各牌香水的交雜味，這都讓人想衝進廁所一吐為

快。

　　Amy熟悉的穿過地下室，帶我走出後門的廊道，在露天的桌椅旁才找到了一處較

安靜的空間可以聽得到朋友的對話，我忍不住噁心的感覺在一邊的洗手台處吐出稀爛

的菜渣，「妳怎麼吐成這樣啊？Sora……」清水緩了我的情緒。「下次別讓我來這裡

了，難受妳知道嗎？」我擦著嘴對Amy說著，她卻笑我沒用，「其實我不是害怕來這樣的環境，只是我不喜歡這樣的感覺……」Amy大概不知道我在說些什麼吧。「既然已經分手了就別想這麼多，會過去的。」Amy老神在在的談論並不能減輕我對陳凱提出分手的罪惡感，「給我……」我向Amy要了海尼根，不在乎酒精c％數的猛灌了起來，Amy並沒有阻止我，她知道我需要好好的醉一晚，只是不喜歡酒味的我在喝了幾口之後便作罷，「妳先在涼椅那裡坐一下，我去幫妳弄杯果汁。」「好……」。我很聽Amy的話走到了涼椅上坐著，在沒有整理的花草堆裡感嘆著我和陳凱的相遇，牆角邊小走道的盡頭有黃澄的燈光引著我的目光，我好奇的走了過去，因為如果有沒看錯的話，是阿寶和一個男人在親吻，這是偷情嗎？他們轉進了一個房間，看得出來是那個男人領著阿寶進去的。

Desire

我有點想探進去看看他們會做什麼，但我還是怯步了，因為都是成年人，去干涉他們的一夜情似乎有點多餘。所以我走回了涼椅坐下，希望Amy不要那麼快把果汁拿來，我擔心她會看到自己的同性情人越軌的行徑。只是不知道是做愛的痛快聲還是慘叫聲讓我分不清巷道房裡所發生的事情，但從Amy也聽到的表情裡，她似乎能直覺感受到不尋常的跡象。我跟著她衝進了那個房間，看見三個裸著身體的男人扒光了阿寶的衣服，還用剃刀把阿寶的頭髮削成光頭，真是變態……「你們在幹什麼！」Amy推開這群野獸把阿寶抱進懷裡，我要他們滾出這個房間，若不是Amy阻止我報警，我絕不會這麼輕易放過這三個畜生。阿寶哭得很慘，遇到這樣的事情加上頭上的剃刀傷痕，我相信所有在場的女人都該得到一些教訓了。

凌晨四點多，三個女人遊蕩在夜間，染上一種悲傷的色彩，同性戀也好、異性戀

也罷，我們都擺脫不了愛人與被愛的

情感方程式，沒有言語、漫無目的地

走到了忠孝東路二段，便利商店的熱食與咖啡讓我們坐

在馬路邊冷靜的進食，Amy突然大笑看著我跟阿寶，「我覺得我們

很像呆瓜耶！幹嘛那麼悲情啊？又沒死人！」我們聽了Amy的話，走進了KTV喊破我

們的喉嚨，看著阿寶和Amy感情又合好，我相信他們已經通過考驗了。

要不是吵人的電鈴聲把我從床上拉起，我想我會睡到晚上，牆上是下午四點多的

時間，頭昏昏的我打了個哈欠才去開門。「Sora⋯⋯」是古奇錚出現在我家門口，他

怎麼來了？而且知道我住在這裡，旁邊也沒國立站著，我真的是百思不解。「國立他

現在在醫院⋯⋯」古奇錚那個眼神很嚇人，又說出了這樣的一句話讓我來不及反應。

「快換衣服跟我去醫院……」今天不是黑人節，這不是玩笑話，在催促的聲音裡，我差點找不到自家浴室的路口，但我發現沒有時間讓我梳理，必須回到房裡隨便套上衣服就出了門。看見了馬偕醫院讓我想起數月前的情景，國立出現在急診室時的那種輕鬆的模樣，轉移了我對他爲何會在醫院的焦點問題，我從不知道國立心臟有問題，怎麼會那麼嚴重？有多久了？所有的問題古奇錚都不能給我一個確切的答案，「Sora，國立不讓我告訴妳他的病情？所以我希望妳在他面前不要那麼激動……」古奇錚的意思是要我擦掉眼淚，裝做若無其事的去看他，我了解的……我了解。

醫院的腳步聲太過沉重響亮，面無表情病患們看著妳的眼神，好像是落入地獄之門的起端，那種幽靈、鬼魂腐爛的身軀抓著妳的雙腳，使妳痛得叫不出聲來，而太過漫長的走道和消毒水的味道正深刻著妳在醫院裡的記憶。個人病房的床上躺著面色蒼

133

白的國立，他睡著了，睡得我心疼不已。醫生對我們說著在現在這種情況之下，國立所活的時間也許剩不到半年了，我聽不懂醫生在胡說八道些什麼……他不負責任的說著國立的心臟推動血液的動力越來越差，他擔憂藥物治療已經沒有辦法減少國立心臟肌肉的損傷了，我很想叫那醫生住嘴，他們用什麼測量的方式來斷定國立生命該多久要結束呢？這些人又不是上帝，怎麼會有權利說出這樣的話呢。

我對抗不了醫學的權威，但我總能用我的誠心和上帝討個公道吧？我對祂禱告著，如果祂是真神就別這樣莫名其妙的帶走國立，如果祂是真神就醫治國立的病痛……我忍受不住在國立睡著時的那種表情，我好怕他就這樣一睡不起。「妳一個人可以嗎？」「沒問題。」我讓古奇錚先回去休息。從今天開始，我要緊抓住國立，一直陪在他的身邊，當他醒來的時候，第一眼看見的就是我……

Desire

一間小教堂的壁畫，有佛羅倫斯畫家喬托（Giotto di Bondone）的手跡「哀悼基督」，天使哭了、信徒悲痛，聖母與眾人在基督之死的日子裡同聲哀悼……

愛情不說的語言

崩毀脆弱的柏林圍牆—— 餵飽空虛飢渴的心

我不知道什麼時候趴在床邊睡著了，「Sora……」國立喚醒了我，牽著我的手拉我站起。「我們回家……」我看見國立拔掉了點滴、換上了衣服對我說著。

「你在做什麼？你現在生病怎麼可以回家呢？」我不了解的問著國立。但國立顯得很不自在的對我說著：「我不想待在醫院，只想回家……」他的眼神傳遞出懇求的意味，我卻不知道該如何處理？帶他離開醫院對他的身體會有何影響……但在這裡卻又不能安定國立的情緒，這對他的病情一點都沒有幫助，所以我決定帶他離開這個令他不舒服的地方。

凌晨兩點多，我和國立上了計程車，一樣的情景也發生在數個月前，但心情沒有像現在這麼沉重，當時的國立一樣靠在我肩上閉著眼睛休息著，一樣的緊握我的手，只是我沒有察覺他的不安，沒有發現這一切的動作都在倒數計時著。

我好難過，也後悔自己浪費了多少和國立相處的時間……。「妳怎麼了？看妳都不說話……」國立笑著問了我，我看他的笑容一點都不勉強，而且很自在。倒是我不知道如何回答國立的問題。

「是不是擔心跟我在一起，你男朋友又會生氣？」國立開了他們家的門，我止住了腳步看著他踏進門裡的背影，他脫去了外套隨意擺放，左手拿起一旁的遙控器，遙控他的音樂，還是那首「Nobody Home」陪著他，「我沒和他在一起了……」，我關上了門對國立說著，「喔……」國立似乎沒有多大的反應，「其實我一個人妳也不用

Desire

擔心，跟他在一起如果比較快樂的話……」

「我不是為了你和他分手的……」，我直衝著國立的話回答，我知道我們彼此都在壓抑情緒，我的心現在是慌亂的，我根本不知道下一步要做什麼？「我肚子餓了，妳可以煮碗麵給我吃嗎？」「好……你先上樓去洗個澡。」國立上了樓，我進了廚房為他煮碗麵。

過了半小時國立還沒下樓，我有點擔心他，階梯一步步的踏上，步伐從緩慢遲疑到快速不安，我的心緊張的揪了起來，數不清的階梯讓我喘進了房間，卻看見國立換上了衣服坐在床邊的沙發椅上抽著煙，我鬆了一口氣，「把煙熄了，醫生說你不能抽煙……」我不太高興國立不愛惜自己的身體。

「別把我當病人，很不舒服。」國立把煙熄了看著我，「過來，我有話跟妳說……

……」我才坐到國立的旁邊，他就緊緊的把我抱在他的

懷裡，「不要因爲我而有所改變，我不喜歡看見妳這樣

……」

我記得國立的體味，記得懷抱我的這個胸膛，記得他

的手輕撥我髮絲的觸感，「妳愛我嗎？」在我順著國立的呼吸

時，我隱約聽到這句話，我說不出話來，淚水開始不聽使喚，「我知道妳愛我，爲什

麼不說出來？」國立並沒有強逼我回答，他的語調很平穩。

「那你生病了爲什麼不告訴我？」我輕輕推開了國立問著他，「你能不能以後有

什麼事可以不用透過別人告訴我？」國立的手擦不完我眼中宣洩的淚水，止不住我顫

抖的聲音，「別哭，我就是不要看見妳哭才沒告訴妳的，別這樣……」看著這張天使

的臉漸漸消瘦，我的唇不由自主的親吻了國立的唇，那是一種疼惜……我喜歡和他親

吻時牽住他的手，從指尖到每一根指環的關節，都能感受著體內血液的流動，窗外的

一陣風吹進了房內，穿著輕紗的窗簾隨風舞動，這夾雜淚水的雙唇激起心中愛的波

瀾，互傾訴著愛的語言，原來不用做愛也能感受到愛人的情熱，原來愛情也有不說的

語言，原來這吻也有著溫柔、諒解和包容的暗示，勝過天底下一切的藥物，「我愛你

……」我對國立說著。

我解放了那顆剛硬的心，讓愛化作輕聲細語傳入他的腦、導入他的心，是國立用

了幾年的時間柔化了我，崩毀脆弱的柏林圍牆，儘管冷落了那碗湯麵，但飢渴與空虛

已被愛所餵飽了，其他便不再重要……

這幾天都是陰雨綿綿的天氣，睡了幾個小時後，我跟國立想到外面去吃飯，這是

慾望

瘋城

我們確定倆人在一起的第一天，很愉快，是值得放鬆心情用餐的時候了，我不去想國立生病的問題，因為他並不希望我提醒他，而我可以在國立開著車的時候靠在他的右手臂上，這是我一直想做的事。「去哪裡？」「去風華吧！我喜歡去你的咖啡館。」

國立臉上的微笑很甜，我能感受到那是一種幸福的滋味，他開車載著我去風華咖啡館吃著簡餐，我想小莉和其他的工讀生都看得出來我們現在是情侶的關係。

「我以前總不能原諒我父親，後來我到了埃及之後，看見他選擇的生活，我也就放下了對他的那份責備……我知道這世界上有太多的包袱，對一個自由慣的人來講，最愛的妻子去世，所留下的孩子也不能給他太大的彌補。」

在用餐的時候，國立和我聊到他的生父，「所以我希望你也能原諒你父親……」

我愣了一下，才知道國立的用意，「我並沒有怪他……」我說得有點心虛。

Desire

「是嗎？我希望妳能放下，天下沒有不散的筵席，就算是親人、愛人或是朋友都

一樣，妳要記得總有一天大家都會離開，最後就算剩下妳一個人，妳也要好好的活下

去……」

我知道國立在擔心我，但我又能怎麼做呢……「嗨！兩位！」正當我和國立談到

較敏感的話題時，Amy的切入，暫緩了尷尬的氣氛，Amy一直都很支持我跟國立，當

然今天的聚餐也算是一種慶祝，跟國立在一起的好消息也該告訴Amy，不過我看著

Amy拿起香煙，我就緊張了起來，我想要制止她抽煙的時候，國立握住我在桌上坍塌

的手，他手上的溫度安慰著我的情緒，「國立你還會怕Sora跑掉啊？吃個飯也要把她

抓得這麼緊……」Amy吐了一口煙說著，國立笑著也點起了煙回了Amy…「所以妳要

幫我看著她，別讓她再亂跑了！」「沒問題，這個女人絕對會在我的視線範圍裡活動

Desire

的！」

　　我勉強對他們的談話給了一些微笑，「我去上個洗手間……」我想去調適一下我的心情，風華咖啡館的洗手間設計得還不錯，隔間比一般餐廳裡的化妝室還寬敞，讓自己在這樣的空間裡學會催眠是不錯的選擇，我想該用戲劇騙術，掩飾內心裡的不平靜，這不是我們戲劇系該有的專業嗎？很適合在這個社會上使用的，可以用不同的情感化妝術來面對各式各樣的人，狡詐、欺騙或是善意的偽裝，可任你去編織、排列組合。

　　我的頭好痛，從皮包拿出一顆頭痛藥劑配著沒有過濾的自來水，希望它滑過食道流進胃裡能趕緊發揮它的藥效，「Sora……」Amy覺得我待在廁所的時間過久，進來看看我能在這樣的環境裡作出什麼奇特的事，「我看妳最近身體好像不太好，妳真的

Desire

沒事嗎？」我還能有什麼大不了的事，只不過是傷了陳凱，知道國立快要死了而已，

還能有什麼事？「神經什麼啊妳，我好好的又沒病，別緊張了！」我擦著口紅對Amy

說著。「補口紅就對了，這樣看起來氣色也好多了！」我想我騙過了Amy。

「國立呢？」走出了化妝間沒看到國立又讓我緊張了起來，「他說出去一下要我

們在這裡等……」Amy一直觀察我，「我發現妳很焦慮耶，是不是有躁鬱症啊？」我

想轉移話題也許可以讓Amy不那麼注意我，「阿寶呢？」「我跟她散了！」Amy的煙

一根接著一根，「你們那天不是還好好的嗎？」我好奇的問了Amy，「為了她好，我

還是覺得跟她散了比較好，我要她回台大繼續完成學業，別跟我這種人到處亂晃，會

壞了她的人生。」

我雖然不明白阿寶為何會休學？但我能肯定的是Amy她自己所謂的「這種女

人」，其實是個善良的好女人，也希望阿寶能找到自己的定位，別再猶疑不定的走在邊緣裡。突然間，外面下了好大的雨，汽車的急鳴喇叭聲、車子的碰撞聲，響徹了整個街道，不好的恐懼感侵占了整個咖啡館……

慾望
瘋城

144

Desire

格魯耐瓦德（Matthias Grunewald）「基督被釘十字架」的畫作上，基督的受難讓那垂死的身體變了形，死亡的國度已降臨，恐怖詭譎的氣氛讓污穢佔滿了四處，基督之死提醒著世人罪與罰的存在……

魔女的理想國……

扭曲線條的溫床──污穢的休憩之地

大雨之下救護車和警車的鳴笛聲在咖啡館外叫喊著，不用去想像就知道街道已發生一場致命的車禍，我的整個身體在發抖，害怕外面的事情跟我有關。「Amy……」我頭暈目眩的叫著Amy，「哇，外面現在可能一陣混亂吧。」Amy是一個容易受到影響的人，她並不清楚我在跟她說話。「國立……國立快死了……」我一個人承受這樣的事實太過害怕，那種恐懼的撕裂感別人無法體會，「哈，你的幽默感很難懂耶小姐，怎麼詛咒自己的男人呢！」如果這是Amy所想的一句玩笑話那該多好，看著我沉默活死人的表情，Amy再也笑不出來。「他的胸腔長了腫瘤……醫生說如果腫瘤變

大，會阻塞心臟血液外流，國立就會……」我掩面痛哭，哭得比母親死時還要難過。

我曾經想過自己活在一個虛擬的世界裡，所有身邊的傷痛、不愉快過程都是一場折損自己壽命的旅遊，在那樣的世界裡我可以不在乎的享受痛苦，讓自己成受虐般的瘋狂主義者。有感情的人類總是沒有辦法選擇避開觸感的事物，無法在柔滑的風中盡情奔舞，甚至架上了帆船的構圖人生，還會遇到張著牙的致命風暴，要說詛咒我可能會破壞精蟲的活動力，炸燬那孕育生命的宮殿，成為杜絕人類繁殖的終結者，在這樣的世界裡沒有沉穩、夢想與希望，極盡的墮落、黑暗與閃電會讓你愛上污穢，不用為了怕和魔鬼打交道而受到譴責，何來掙扎、徘徊、猶豫？滿當當的罪惡成了扭曲線條的溫床，那是休憩之地，是我的理想國。

「我真是笨蛋，看到妳就是覺得哪裡不對，還在這裡跟妳嘻嘻哈哈的……」Amy

146

Desire

Column 1: 抱著我也哭了起來，「Sora……國立表現得沒什麼事情一樣，是不是我們也要堅強一

點，不然他會很難過的。」Amy勸了我，我擦了擦眼淚點頭答應她，還好今天店內的

Column 3: 客人不多，並沒有幾個人注意到我和Amy的行為。「我靠！我還以為我很強，沒想到

遇到這種事情也受不了，我要先走了，不然國立回來大家可能會哭成一團。」Amy點

Column 5: 了煙神色慌張的走了出去，過沒多久國立淋了濕答答的回來，「你去哪裡了，手這麼

冰……」握住國立的手，理想國的虛擬世界就這樣消失了。

Column 7: 「妳記得教我們法國戲劇的老師嗎？」「記得」，我跟國立泡在按摩浴缸裡聊著以

Column 8: 前唸書時的生活，這樣的對話讓我們很愉快，他在背後抱著我，雙手不安份地摸著我

的乳房，「妳知道嗎？他跟教我們中國戲劇史的老師在一起。」國立笑著說。「騙

Column 10: 人！一個這麼浪漫開放的女老師怎麼會跟一個木訥的暴牙在一起，你少唬人了！」我

抱著我也哭了起來，「Sora……國立表現得沒什麼事情一樣，是不是我們也要堅強一點，不然他會很難過的。」Amy勸了我，我擦了擦眼淚點頭答應她，還好今天店內的客人不多，並沒有幾個人注意到我和Amy的行為。「我靠！我還以為我很強，沒想到遇到這種事情也受不了，我要先走了，不然國立回來大家可能會哭成一團。」Amy點了煙神色慌張的走了出去，過沒多久國立淋了濕答答的回來，「你去哪裡了，手這麼冰……」握住國立的手，理想國的虛擬世界就這樣消失了。

「妳記得教我們法國戲劇的老師嗎？」「記得」，我跟國立泡在按摩浴缸裡聊著以前唸書時的生活，這樣的對話讓我們很愉快，他在背後抱著我，雙手不安份地摸著我的乳房，「妳知道嗎？他跟教我們中國戲劇史的老師在一起。」國立笑著說。「騙人！一個這麼浪漫開放的女老師怎麼會跟一個木訥的暴牙在一起，你少唬人了！」我

慾望 瘋城

抱著我也哭了起來，「Sora……國立表現得沒什麼事情一樣，是不是我們也要堅強一點，不然他會很難過的。」Amy勸了我，我擦了擦眼淚點頭答應她，還好今天店內的客人不多，並沒有幾個人注意到我和Amy的行為。「我靠！我還以為我很強，沒想到遇到這種事情也受不了，我要先走了，不然國立回來大家可能會哭成一團。」Amy點了煙神色慌張的走了出去，過沒多久國立淋了濕答答的回來，「你去哪裡了，手這麼冰……」握住國立的手，理想國的虛擬世界就這樣消失了。

「妳記得教我們法國戲劇的老師嗎？」「記得」，我跟國立泡在按摩浴缸裡聊著以前唸書時的生活，這樣的對話讓我們很愉快，他在背後抱著我，雙手不安份地摸著我的乳房，「妳知道嗎？他跟教我們中國戲劇史的老師在一起。」國立笑著說。「騙人！一個這麼浪漫開放的女老師怎麼會跟一個木訥的暴牙在一起，你少唬人了！」我

實在不相信國立的話，「妳怎麼可以看不起暴牙呢？暴牙也有戀愛的權利啊。」國立

搔了我的癢導正我的觀念，「別鬧了，跟我說你怎麼發現的？」「出國的時候在機場

看到的，兩個人已經有小孩了呢。」我聽到國立這麼說，心裡倒是有一些羨慕那對中

法聯姻的夫妻，如果國立也能夠跟我組成一個家庭，那是很美的，如果可以的話……

在我發愣的時候，國立為我戴上一條項鍊，他真像是個魔術師隨時可以變出一些東西

來，我想這也是他在咖啡館消失了一個多小時的原因，替我揀了一條項鍊回來，「國

立……」「噓……別說話……」國立吻著我的耳，雙手順著我的胸部滑向大腿內側，

爵士樂催動國立的巧手，在大腿內側游走頃刻之後，步步探入緊實的密室，他小心翼

翼啟動淫慾的開關，密室裡開始堆積濕暖的體液……我轉身親著會說話的肌膚，他的

眼、他的嘴他的頸暗藏著哲學的迷思，落入凡間的天使因為愛而即將受到懲罰，生命

Desire

一天天流逝……在他手裡的關節存有天界的密碼，稍不注意就會被我破解，陰莖的美

形和粉色的顏彩搭得無可挑剔，海綿體輕輕浮動擴張，深入密室的比例是恰到好處，

天使稍閉的眼、輕吐的氣，表示即將展著羽翅飛向天庭，那頭上的光環已卸下，哼出

一曲曲靈界的音符，他確實進入了魔女的理想國。

出了浴室我們坐在沙發椅上喝咖啡、看影帶、吃披薩，我很喜歡跟國立這樣過生

活，替他擦掉嘴邊的起司粉，遞上一片濕紙巾，他真的很像需要被照顧的小孩。「跟

我照張相吧。」普通人也許聽了這句話會沒什麼感覺，但對我而言，這句話就表示

「紀念」的意思，「我不想……」我拒絕了國立，因為我真的不想。「你很自私……

給了我心碎、痛苦、愛和生命後就不管了……如果照張相就能留住永恆，那一瞬間的

美又有什麼價值呢？」我把心裡的話直說了出來，並不是故意刺激國立，因為我也想

Desire

就是人類的盡頭，或著說是他早走的命運。

天上笑我，看著我慢慢變老，會守候著我當我的守護神，他並不怕面對死亡，因為這

是嗎？」我這幾天掉了好多眼淚，國立說他很高興自己永遠不會變老，他說以後會在

……我不該對你發脾氣……」「我倒喜歡妳這樣，心裡想了什麼就說什麼，多痛快不

國立的微笑好傷感，我要是不認識國立現在我會做什麼？會在哪裡？「國立，對不起

不成文。「這不是意志消沉時所做的選擇……我能活這麼久也算是奇蹟了，夠了……」

也許……」「我不喜歡給人太多的希望，包括我自己。」國立總有他的理由，如此的

殼裡，我已滿足……」國立的話讓我的心好酸、好酸。「為什麼當初不接受化療……

自此之後，妳也給了我心碎、痛苦、愛和生命，讓離開已久的靈魂又回到了我這身軀

跟他一起離開。「妳是第一個會讓我思考的女人……我對生命絕望的那年遇上了妳，

150

過了幾天古奇錚跟我們一起吃著晚餐，在國立進洗手間的時候古奇錚對我說了一些提醒的話，要我別把國立當病人。「妳要知道偷走我們生命的不是病毒而是時間。」

古奇錚說時間就像小偷一樣，侵占了所有的一切，在我們不自覺的情況下，一點一滴偷走了經營辛苦的形體，忙著懷孕、成長、堆積知識、財富和力量，最後又如何？時間會偷走一切的，最後還是化作灰燼，他要我把這樣的情形看做是一種循環而不是絕望。「怎麼？看你的表情是不是古先生又跟你說了什麼生命哲理的東西啊？」國立回到了座位上繼續和古奇錚聊著，看國立在我眼前跟一般人一樣的生活著，這叫看得開嗎？每天都有人在這地球上消失，但都是跟我不相干的人，就算有千百種理由說服我接受這麼年輕的男人就要死了，我還是不能接受，要是國立不在了我找誰說話？不能陪我去電影院看電影，不能跟我去國家戲劇院看舞台劇……我們的興趣都相同，吃的

食物都一樣，個性也這麼的合……少了他，誰還能跟我談莎士比亞呢……我想我會崩潰的。

「吸氣……」清晨我在床上抱著國立在他耳邊對他說著這樣的話，他好像飄在缺了氧的太空艙裡，在快要窒息的空間裡尋找一點生存的空氣，我幾次緩和了他的心，他也順暢氣息的緊握著我的手，這是一種習慣的默契，我好希望這樣的痛是我來受，受難的日子是我來擔，這脆弱軀體裡的靈魂並不是病毒將它奪走，更不是時間，而是國立他自己的決定……

Desire

畫家維登（Rogier Van der Weyden）在1435年繪製「基督自十字上取下」的畫作，在飽受罪惡糾纏的侵蝕後，死亡成了一種隱喻的藝術，就像眩爛而滑稽的凌遲虐待，被荊棘纏身動彈不得……

眩爛而滑稽的凌遲……

郵差的倉皇之死——綁上荊棘的雙腳

沿著濱海公路開著車，放著電影「郵差」的音樂，這樣的組合是刻意去製造的。

國立戴著墨鏡坐在我身邊靜聽著海風在說話，他比我還了解自然界的聲音，他真的是「異類」，任何他眼所見的事他都能立即洞悉，他的敏銳度遠超過別人，可透徹無疑的看穿旁人的心，所以我常認為國立不是凡人，我只是找不到研究的數據可以證明。

「我不懂這樣的結局有什麼意義？」

國立認為那位義大利郵差的命運最後不該是死於執著的，「倉皇之死」是國立給他下的註解。「詩人或是喜歡詩的人會死於感性那是有可能的……」這起碼是我對這

153

部電影的另一個認知，「詩人會落入罪惡的深淵，挑起人性的迷惑那是最慘忍的事…

…」國立說著，我認同他。

「妳就是一個詩人，這也是為什麼我甘願愛妳的原因。」「換句話說你甘願和我一起享受罪惡？」我將車子停至一旁笑著問國立，「沒錯。」他回答的很有力。

「琳，妳總認為我活得不快樂，常在身邊拉著我，可是……我知道妳自己也活在痛苦當中……我要妳以後多為自己想。」

「以後……我不想以後的事，你看前面的海有多深？如果我不拉手煞車打Ｎ檔，任它滑行會怎麼樣？」我問著國立，「那就沒有以後了……」國立很懂我。

我抓著他慣用的左手繼續向他說著：「小時候總覺得日子永遠過不完，長大後卻害怕成為時間的俘虜，我們沒有太多的選擇不是嗎？不快樂或是感傷是構成美好記憶

（慾望瘋城）

154

的一部分，而我想通的是任何的快樂成因都有不快樂的元素在其中，而認識你就是最好的例子……」「我只怕給你的感傷過多。」國立的結論讓我們沉默了好一會兒，

「我準備去美國開刀，為了妳我決定試試……」

每天、每天我不斷的給國立洗腦，要他別放棄試著活下去，我相信他生命力的奇蹟會持續下去……我感謝上帝讓國立有了重拾生命的興趣，就算我聽不懂海風跟他說了些什麼，但我知道當一個絕望的男人會去思考的時候，他便開始儲備生命動力的燃料。

超級市場冷冷清清，是憂鬱爬上了四周圍的牆，像藤蔓、像無性生殖的異種快速侵入各個角落，兵刀之後病毒瘟疫竄入人間，開啟封印的聖經預言完整呈現，地球成了新物種的繁殖地，黑暗包圍整座死城，哀聲四起……「Sora……」喚我的聲音使我

愧疚，「陳凱……」犯了錯的我回應眼前的這個男人，「這麼巧……」陳凱自若的說著，「是啊，這麼巧……」

我的微笑有些僵硬，雖然是尷尬怪異的氣氛，但他還願意推著推車陪我，「怎麼一個人？國立呢？」

「喔……他身體不舒服，在家。」真的沒想過會跟陳凱一起到超市購物，好像是和我丈夫一起選購食物般的奇特。我買了兩天後朋友們會去家裡用餐的食物，國立和我決定親自下廚，那天是大家要給國立送行的日子。

跟陳凱在一起不會想喝咖啡，一杯不純的果汁和我的心情很相稱，「妳會開車了？」「喔……是國立要我學的，他說自己開車到哪裡會方便點。」我吸了幾口泡在水裡的黃色顏料，也許能降降我體內的溫度，「項鍊也是國立送的吧？很漂亮，很適

Desire

合妳。」「謝謝。」真的好奇怪，眼前的這個男人曾經跟我如此的親密，為什麼我會不知道如何跟他對話呢？

「我……很想妳……」陳凱想要握住我的手時，我卻即時的收回，「陳凱……」

我看著他，「對不起……是我把妳嚇跑的，所以我沒有權利對妳做什麼。」陳凱向我道歉。

為何我身邊的人都這麼的多愁善感？陳凱該是要責怪我的才是，他卻認為是他的佔有慾把我給嚇跑的。「我希望妳原諒我，當初拿妳當藉口找王瑩離婚給了妳壓力，其實那是我為了絆住妳故意這麼做的。」

聽了陳凱這麼說我並不會生氣，起碼他誠實的認錯了，「我很慶幸能認識你，也很高興你會為了我這麼做，所以我不會怪你，我反而覺得是我傷害了你。」陳凱聽我

157

這麼說兩人都笑了出來了，我們還是可以做朋友的。

不曉得為什麼我跟陳凱總有那種巧遇的緣分？我記得唸戲劇的時候教希臘悲劇的老師有講過「偶然率」，很多戲劇的手法會用到，但那並不拙劣，因為這是存在人際往來的機率，是會發生的。

有些人明明跟你住的只隔幾條街而已你卻很難見上他一面，而有些人南北差距之遠卻常偶然相遇，真是奇怪。

回到了國立的家發現大門是開的，我警覺這樣的畫面不尋常，是我在外面停留太久，真的忘了把國立當病人看待的去安心購物，這是不對的……

隨手將東西一放，邊上樓就邊喊著國立的名字，他沒有回應我，進了房看到一朵朵的白玫瑰朝著陽台的方向領著我前進，白玫瑰一朵接著一朵的倒睡在黃色方塊磁磚

Desire

上，打著赤腳繞過陽台還有二十幾階的樓梯可到達屋頂，令人驚訝的是數不完的白玫瑰在屋頂上盡情開放。

我看到國立穿著Boss西裝等著我，古奇錶和他的相機已經守候一旁。

「為什麼？我說過我不照紀念照……」「當我去美國時，我希望這張照片能陪著我……它帶給我希望……」

國立就像是童話世界的王子一樣，直順的黑髮搭著稍亂的剪裁，大眼睛露出童稚的神韻，憐愛著他的是我的心，讓人越看越喜歡，他的勇氣讓我無力拒絕……

屍體，埃及人的保存方法很尊貴，沒有腐爛的臭味而且完整，如果國立是埃及貴族，他將是最美的一具木乃伊。

拍了照讓我失了眠，可國立現在很容易入睡。

慾望
瘋城

胸腔的腫瘤讓他疲倦，尤其在夜晚他一定是睡得很深很熟的，皺軟的睪丸不再雀

躍，小心翼翼的捱在掏空的柱子旁，它的使命就是經過壕溝餵食飢餓的廢墟，重新建

立富麗的宮殿，讓死守宮殿的的女王得到亢奮的營養劑。

我像是攫走他生命的匕首，輕靠他的臉頰偷聞他的氣，謀殺他的靈魂、褻瀆他的

身體，真是眩爛而滑稽的凌遲，讓他的羽翅佈滿整床整屋子，我將高唱哈利路亞，挑

釁上帝的死亡臨界點！

不知道精神病院是不是願意收留我這樣聰明悲傷的女孩，我的身體燃燒的可怕，

快把我關進地窖裡讓八腳怪吞噬我，用生了鏽的鐵棒打得我頭破血流，摘去我的舌頭

讓我痛得無法叫喊，挖掉我的雙眼讓我痛得無法哀嚎，還有那指頭切下可餵食藏在黑

暗裡的蝙蝠，也算是一種荒謬的貢獻……

Desire

「琳……」國立用力的把我搖醒，我聽到自己強烈的喘息聲，「做惡夢了……」

國立抱著我、親著我，「我夢到你成了木乃伊……」

我又哭了，我的腦子一直停留醫生說的話，國立如果再昏迷，他有可能不會醒來了。

「我不會死的，不要讓自己這樣，我會難過的……」漫長的夜，焦慮的汗水，我要怎麼擁抱才能不讓國立消失，他不想我跟在他身邊等待手術房裡的契機，他說那是殘酷的……

Andy要我好好陪著國立，就算放下身邊所有的一切也是值得。

他建議我可以用寫作療傷，他也願意幫我找個心理醫師，因為他擔憂我偏激的墮落，會先比國立更快消耗生命。

浮躁、頑固、沉淪，烏漆漆沒有指標的叢林，綁上荊棘的雙腳踏上泥濘躲避獵人

的追殺，那是我的難堪……

Desire

格魯耐瓦德（Matthias Grunewald）在「基督復活」的畫作上，讓反射的色彩光線摧毀反對的勢力，周圍士兵歪倒在幽暗的溼地裡，新生命的誕生代表著光明、正義與被拯救……

飛向天國的展翅天使……
斷頭武士伐足——酒神的性愛自主

晚餐。

我交代于真、Amy這不是一場喪禮，而是一場朋友的聚會，祝福國立手術順利的

「雞肉太硬了！」Amy唸著我跟國立，「這對夫妻不適合待在廚房。」于真也取笑我跟國立，「他們的專業在於叫外賣。」古奇錚也加入損我們的話題。「我老婆可是煮得很辛苦，算是有誠意了。」國立親了我一下說著。「我只負責甜點耶……」我逗著國立，「妳出賣我！」聽國立這麼一說，大家都笑了出來。

「國立，希望你手術順利，健健康康的回來！」Amy舉著酒杯敬著國立，「如果

Desire

不成，我墓碑上的名字可要刻得美一點。」國立輕鬆說完也回敬 Amy，一種麻痺感僵

住了我的身體，我的胃有上千隻的蜈蚣在鑽，國立的話把我帶向墳場，一種噁心的滋

味衝出食道，還好來得及跑廁所，不然煮得用心的一道道不成熟的美食都糟蹋了。

「琳，你哪裡不舒服？」國立緊張的進了廁所拍著我的背，「你趕快回到飯桌

去，我可能對過硬的雞肉敏感……」我安慰著國立。「其實，也不用刻意避開我的

病，那不是很重要的一件事情……」國立扶著我說，「對你來說不重要，可是顏國立

三個字對我來說很重要！」我的語氣是不悅、諷刺的。

「于真，我找不到優美陰鬱的詞……」我告訴于真我生命的文字開始沒有目標的

在浮動，「上天對妳跟國立太不公平了……」于真陪我洗著碗，告訴我這個世界是不

平衡的，其實我也知道有一個專門破壞美好的斷頭武士，他常常騎著一匹長了肉球缺

了一隻眼的黑馬，在生物界裡尋找刺激，他的背部長了血淋淋的大嘴巴，專門吃盡世間上的美好，他是「忌妒之神」，是愛與恨的化身，他故意製造拉扯、矛盾和爭吵，他喜歡看人類失落消極的表情，會使他興奮的高潮，嘎嘎做響的馬蹄聲炫耀著他們過關斬將的勝利，「伐足」是他的名，而我一隻腳已經踏入瘋人院了。

他們和國立擁抱說再見，國立告訴他們他的爸媽已經在美國預約了心臟權威威爾博士為他動刀，要大家放心的為他禱告。

「國立，不要逞強，有什麼事情一定要跟Sora說。」國立微笑點頭回應于真。

「帥哥，要加油喔！我們還要喝喜酒耶！」「我會的，謝謝妳Amy，我不在妳一定要多陪陪琳。」國立對Amy說的話好像在交代遺囑，「遵命。」Amy又再次擁抱了國立才出門口，古奇錚則負責開車送他們回去。國立見他們一走，立即關上了門就把我抱上

Desire

了樓……

我好喜歡和他接吻，他的唾液是甜的，加了蜂蜜和花香，那是Aeschylus的悲和上Euripides的愴，希臘悲劇家的災難在國立的身軀裡誕生了，那是一種昇華，詩人和愛詩人的殘暴結合，我們兩人流有叛逆的血液，我們會死在黑格爾所謂的心靈掙扎裡，這是卑鄙而瑣碎的交替，不同性的生殖器官互相幹上了，好壯烈的成全！該敬畏剝落的外衣，讓希臘唱詩隊盡情批判，戴上面具的眼倒能看清這世界的醜陋，讓我的口含住那唯美的陽具，男人輕輕唱出他對我的愛，伐足在一旁看著我們，我能嗅到迫不及待的血腥味，我驕傲的眼神看著伐足，我要他忌妒的極至，我邪惡的靈產生了，手中握著勻稱的球體，挑戰它在宇宙間的秘密，我們已然陷入古羅馬

人的競技裡，看誰最後能凌駕尼采的悲劇之說。我的雙腿張得好開好嚇人，淫蕩像我

體內致命的病毒混淆我的腦，挺拔者受到酒神之邀毫不客氣地迷戀參與，搖擺不羈，

我男人確實體驗了康德的藝術自主。是火、是浪潮、是信仰，我們高舉勝利擊退不甘

願的伐足，真是淋漓盡致的宣洩……

「你為什麼不敢向我求婚？」高潮之後的空虛感讓我落寞的問著國立，我們躺在

床上，國立閉著眼睛不說話，「你在騙我對不對？」他閉著的眼落淚了，「我好捨不

得妳……」不透氣的擁抱並不能給我們任何安全感，他的淚水是鹹的，我怎麼親都親

不完，「我捨不得丟下妳一個人……」國立啜泣著，原來他也會痛哭，他的意志就算

再堅強也抵不了那顆脆弱的心，國立疼惜的摸著我的頭，我們淚眼交錯，燃燒著恐懼

的意識，他的巧手還是習慣摸著我的胸、摸著我的腹部，傳遞出愛的密碼，「我會不

會愛你愛得太晚?」我的語氣好無奈,「妳第一眼看上我時早就愛上我了,怎麼會太

晚?」我的手緊抓住國立的頸,「我愛你……」幽幽的對國立說出珍貴的三個字,

「這一吻,能看清妳生命中的每一個人。」天使的唇吻了我,「Love you……」天使

的聲音安撫了我……

隔天我醒來時,國立已經帶著簡單的行李和護照離開了,他沒跟我說什麼時候

走,幾點的班機我也不知道?他怕送行,所以始終不跟我說去美國的日子,空蕩蕩的

房子只剩下我一個人,床邊的白玫瑰是國立走得時候留下的,他要我醒來時知道他是

愛我的,我躺在這張大床上握著簡單的顏色,好像有人旋轉著我的床,好昏、好昏…

…床邊的抽屜裡有一個秘密,我想等國立回來的時候當作生日禮物送給他。

日子一天天過去,二十幾天後的下午,古奇錚出現在國立的門口,他像是傳信

Desire

員，國立跟我說過會打電話給古奇錚，我也不想去追究爲什麼要透過旁人？看見了古

奇錚我的心跳得好快，失敗或成功只要從他嘴裡說出就算數，古奇錚遞了一個信封袋

給我，我不敢打開，讓一旁的Amy替我代勞，「國立把他的財產都過戶到妳的名下…

…」

我不敢相信的看著Amy，信封裡還有我跟他的合照，這是什麼意思？不清不楚的

……國立到底在哪裡？「明天是國立的生日，我有禮物要送他……」

我看著古奇錚的眼，期待得到一種悲憐的同情，「擺在抽屜裡的那張相片國立看

過了……」古奇錚說著，他和Amy扶我到沙發上坐下，「那張超音波相片國立看過

了，他知道妳懷孕。」「是嗎？他提早收了我的禮物……」我抱著Amy哭得慘痛，古

奇錚難過的告訴我：「對不起……其實國立沒出國，一直在我那裡待到最後，他不想

妳看見他走的樣子……他告訴我，要妳記得活著時候的他……」國立，我知道他的個

性，我真的太過了解他了，他離開的那個早晨我就有預感那是「永遠」，而離開的前

一夜，我們的纏綿就是一種上帝賜與的恩惠……

我看見天使的羽翅展開，金色的光環、迷人的笑容、童稚的眼睛還有剪裁紊亂的

黑髮，搭著完美的身形被上帝給召回天國，生命的終了亦見生命的誕生——我隱約還

聽見他在我的耳邊說著：「我想妳是愛我的。」

葉子好書推薦

戀愛儲蓄險

人生中最渴望投保的意外險，卻沒有一家公司推出
因為沒有人敢保證你的情人不出軌
靠人不如靠己，全靠這本秘笈

海洛茵◎著

定價：200元

近期出版・敬請期待

廣　告　回　信
臺灣北區郵政管理局登記證
北　台　字　第 8719 號
免　貼　郵　票

106-□□
台北市新生南路3段88號5樓之6

揚智文化事業股份有限公司　　收

□□□-□□

地址：　　　市縣　　鄉鎮市區　　路街　段　巷　弄　號　樓

姓名：

Leaves
Publishing

書號 L3101　　　　書名 慾望・瘋城

葉子出版股份有限公司

讀・者・回・函

感謝您購買本公司出版的書籍。
為了更接近讀者的想法，出版您想閱讀的書籍，在此需要勞駕您
詳細為我們填寫回函，您的一份心力，將使我們更加努力！！

1. 姓名：＿＿＿＿＿＿＿＿

2. E-mail：＿＿＿＿＿＿＿＿

3. 性別：□ 男 □ 女

4. 生日：西元＿＿＿＿年＿＿＿＿月＿＿＿＿日

5. 教育程度：□ 高中及以下 □ 專科及大學 □ 研究所及以上

6. 職業別：□ 學生 □ 服務業 □ 軍警公教 □ 資訊及傳播業 □ 金融業
　　　　　 □ 製造業 □ 家庭主婦 □ 其他＿＿＿＿＿

7. 購書方式：□ 書店 □ 量販店 □ 網路 □ 郵購 □書展 □ 其他＿＿＿＿＿

8. 購買原因：□ 對書籍感興趣 □ 生活或工作需要 □ 其他＿＿＿＿＿

9. 如何得知此出版訊息：□ 媒體＿＿＿＿ □ 書訊 □ 逛書店 □ 其他＿＿＿＿＿

10. 書籍編排：□ 專業水準 □ 賞心悅目 □ 設計普通 □ 有待加強

11. 書籍封面：□ 非常出色 □ 平凡普通 □ 毫不起眼

12. 您的意見：＿＿＿＿＿＿＿＿＿＿＿＿＿＿＿＿＿＿＿＿＿＿＿＿＿＿＿＿＿
＿＿＿＿＿＿＿＿＿＿＿＿＿＿＿＿＿＿＿＿＿＿＿＿＿＿＿＿＿＿＿＿＿＿＿

13. 您希望本公司出版何種書籍：＿＿＿＿＿＿＿＿＿＿＿＿＿＿＿＿＿＿＿

☆填寫完畢後，可直接寄回（免貼郵票）。
　我們將不定期寄發新書資訊，並優先通知您
　其他優惠活動，再次感謝您！！

Leaves
Publishing

根
以讀者爲其根本

莖
用生活來做支撐

葉
引發思考或功用

果
獲取效益或趣味